Echange de bons procédés

JUDE DEVERAUX

Jude Deveraux

Echange de bons procédés

Traduit de l'américain
par Perrine Dulac

Éditions J'ai lu

Titre original :

THE BLESSING
Published by Pocket Books,
a division of Simon & Schuster Inc., N.Y.

1

— Je devrais te tuer. Sur-le-champ, lança Jason Wilding en foudroyant son frère du regard.

— Et à part ça? demanda David avec un sourire charmeur auquel personne ne pouvait résister.

David Wilding ou le docteur Wilding comme tout Abernathy, Kentucky, l'appelait, prit son verre de bière et en but une grande lampée, tandis que Jason buvait un pur malt.

— Alors, que veux-tu? demanda Jason.

— Qu'est-ce qui te fait dire que je veux quelque chose?

— L'expérience. Les habitants de ce bled te prennent peut-être pour un saint, mais moi, je te connais. Tu as une idée en tête et tu as besoin de moi.

— Et si j'avais simplement envie de voir mon illustre aîné. Le seul moyen que j'ai trouvé pour te faire venir passer Noël à la maison, c'était de te dire que papa était mourant.

— Je ne t'en félicite pas.

Les lèvres serrées, Jason chercha une cigarette dans la poche de son veston, puis se rappela qu'il ne fumait plus depuis deux ans. Le fait de se retrouver dans un bar de la ville qui l'avait vu grandir réveillait en lui de vieilles habitudes.

— C'est tout ce que j'ai trouvé, s'excusa David.

Il avait télégraphié à son frère, à New York, que leur père avait eu une crise cardiaque et n'en avait sans doute plus pour longtemps. Peu de temps après, le jet privé de Jason s'était posé sur un terrain d'aviation, à quatre-vingts kilomètres d'Abernathy et, une heure plus tard, Jason était en présence de son père, buvant de la bière et jouant au poker avec ses amis. David avait craint, un moment, pour sa propre vie. Mais Jason aboyait plus qu'il ne mordait.

— Je ne reste pas, décréta Jason.

— Et pourquoi ? demanda David, l'air innocent.

Dans la famille, on plaisantait de sa facilité à se tirer de toutes les situations, alors que son aîné se faisait toujours gronder. Cela tenait au physique. David avait des cheveux blonds, des yeux bleus et le teint rose. À trente-sept ans, il ressemblait encore à un ange. Avec sa blouse de médecin et son stéthoscope autour du cou, les patients se sentaient en sécurité, car un être aussi divin ne pouvait que les guérir.

Jason, lui, était brun, et son père lui avait souvent dit : « Même si tu n'as rien fait, tu as l'air coupable », car Jason avait toujours eu l'air renfrogné.

— Laisse-moi deviner, dit David, tu dois passer quatre semaines à Tahiti et faire l'amour avec trois femmes.

Jason but une gorgée de whisky et regarda son frère d'un air malicieux.

— Non, non, ne me dis rien, poursuivit le cadet. Je vais trouver. C'est à Paris et tu as une liaison avec un superbe mannequin.

Jason regarda sa montre.

— Il faut que j'y aille, dit-il. Léon m'attend.

Léon était son pilote privé. Mais, à l'occasion, il lui servait également de chauffeur. David savait que le personnel de Jason lui tenait lieu de famille. Il faut dire qu'il ne s'embarrassait guère de la sienne et était bien trop occupé pour en fonder une.

Jason vida son verre et se leva.

— Écoute, tu sais combien j'aimerais rester à t'écouter me mettre en boîte, mais j'ai…

— Attends, je vais te le dire. Tu as du travail.

— Justement. Et j'imagine que, même dans cette charmante petite ville d'Abernathy, Noël n'empêche pas les gens d'être malades.

— En effet, et ils ont même besoin d'aide.

À ces mots, Jason se rassit. David ne demandait de l'aide qu'en cas de réel besoin.

— Que veux-tu? De l'argent? Si c'est dans mes moyens, c'est à toi.

— Si ce n'était que ça, fit David en baissant les yeux.

Comme Jason faisait signe au garçon d'apporter un autre whisky, David regarda son frère, étonné. Ce n'était pas un gros buveur, il ne supportait pas l'alcool. Et il avait besoin de tous ses moyens pour travailler. Il n'avait qu'un intérêt dans la vie: le travail.

— Je suis amoureux, murmura David.

Comme son aîné ne disait rien, il leva les yeux et le surprit à sourire, ce qui était exceptionnel.

— Et? fit Jason. Ce n'est pas quelqu'un de bien? Les femmes de la ville sont dans tous leurs états, parce que leur précieux docteur David n'est plus disponible?

— Dommage que tu détestes à ce point cette ville. On y est pourtant bien.

— Si on aime le conformisme.

— Écoute, ce qui est arrivé à notre mère... Non, je ne veux pas revenir là-dessus. J'aime cette ville et je compte bien y rester.

— Avec ta bien-aimée. Et en quoi puis-je t'être utile? Qu'est-ce que je connais de l'amour?

— Tu connais les femmes. On voit ton nom s'étaler dans toutes les rubriques mondaines.

— Je fréquente ce milieu pour me faire des relations... et il est préférable d'être accompagné.

— D'autant que tes cavalières sont parmi les plus belles femmes du monde.

— Et les plus cupides. Tu sais ce que coûte le kérosène? Tu n'as pas mauvaise conscience d'avoir menti pour me faire venir?

— J'imagine qu'un voyage comme celui-ci coûte moins cher qu'un électrocardiographe.

— Tu l'as. Alors cesse de te plaindre et viens-en au fait. De qui es-tu amoureux et quel est le problème ? Tu veux que je paie le mariage ?

— Crois-le ou non, mais il y a des gens sur cette terre qui attendent autre chose de toi que de l'argent.

— Pardonne-moi. Parle-moi de cette femme et dis-moi en quoi je puis t'aider.

David prit une profonde inspiration.

— Elle est veuve, commença-t-il. Elle est... Elle est la veuve de Billy Thompkins, ajouta-t-il en regardant son frère.

Jason émit un sifflement.

— Elle n'est pas comme ça. Billy avait des problèmes, mais...

— Oui, la drogue, la boisson et la vitesse.

— Tu ne l'as pas vu ces dernières années. Il avait fini par se ranger et avait trouvé du travail de l'autre côté du fleuve. Il est revenu deux ans plus tard avec Amy, enceinte de quatre mois, et ayant, semble-t-il, tourné la page. Il a même acheté Salma.

— Ce tas de cailloux tient encore debout ? s'étonna Jason.

— Tout juste. Il l'a acheté avec l'aide de sa mère. Elle s'est portée caution.

— Qui à Abernathy aurait prêté de l'argent à Billy ?

— De toute manière, il est mort quatre mois plus tard. Il s'est écrasé contre un arbre à près de cent trente kilomètres à l'heure.

— Ivre ?

— Oui, ivre, et sa femme s'est retrouvée seule avec Mildred. Tu t'en souviens ? La mère de Billy ?

— Je l'aimais bien. Elle méritait mieux que ce fils.

— Elle a Amy. On ne peut pas trouver quelqu'un de plus gentil.

— Alors quel est ton problème ? Je ne peux pas croire que Mildred soit un obstacle. Ne me dis pas que papa...

— Il aime Amy presque autant que moi, dit David en regardant sa bière, déjà à moitié vide.

— Alors ? Parle ou je pars.

— C'est son fils. Je t'ai dit que Amy était enceinte. Eh bien, c'est un garçon.

— Et que lui reproches-tu à ce fils ? Il est comme son père ?

— Billy avait le sens de l'humour. Ce gosse est… Il faudrait que tu le connaisses pour comprendre. Il est sans pitié. Totalement dépourvu de conscience, manipulateur, jaloux… Un vrai petit monstre, qui fait tout ce qu'il veut de sa mère.

— Et elle ne se rend compte de rien ? dit Jason.

Il avait connu ça. Des années plus tôt, il avait rencontré une femme, avec qui il s'était tout de suite senti bien. La première fois qu'ils étaient sortis ensemble, il s'était dit qu'il pourrait peut-être se passer quelque chose entre eux. Puis il avait rencontré le fils, âgé de treize ans. Un criminel en puissance. Il faisait les poches de Jason et volait ce qu'il y trouvait. Un jour, il avait pris ses clés de voiture, ce qui avait obligé Jason à partir, ce soir-là, sans sa Jaguar. Une semaine plus tard, la voiture avait été retrouvée au fond de l'East River. La mère ne croyait évidemment pas son fils capable d'un acte pareil, et ce fut la rupture. Aux dernières nouvelles, le garçon travaillait à Wall Street et était multimillionnaire.

— Tu as connu ça ? demanda David.

— Un peu. Il te faut la permission du gosse pour être avec elle ? Et la mère en est folle, dit-il d'un ton où perçait une pointe d'amertume.

— À un point invraisemblable. Elle ne se sépare pas de lui. J'ai essayé de la convaincre de prendre une baby-sitter, mais elle est trop fière pour accepter mon aide, si bien que le gosse vient avec nous ou nous ne sortons pas. Et il est impossible de rester chez elle, ajouta David en se penchant en avant. Le gamin ne dort pas. Jamais. Et bien sûr, quand il est réveillé, Amy lui accorde toute son attention.

— Laisse-la tomber. Crois-moi. File au plus vite. Si tu continues à la voir, tu devras vivre avec le gamin. Et un matin, tu te réveilleras avec un cobra dans ton lit.

— Avec Max, il aura du mal à se faire une place.

— Le gamin dort avec sa mère ? demanda Jason, l'air dégoûté.

— Quand il le veut.

— Fuis.

— Facile à dire. Tu n'as jamais été amoureux. Si j'arrive à gagner la mère, je pense pouvoir me débrouiller avec le fils. Mais, à dire vrai, je ne suis jamais seul avec elle, ajouta David en regardant son frère d'une manière qui ne lui était que trop familière.

— Ah non. Tu ne m'entraîneras pas là-dedans. J'ai des engagements.

— Non. Combien de fois t'ai-je entendu te plaindre que tes employés réclamaient des congés à Noël ? Alors, cette année, tu peux rester ici pour me donner un coup de main et libérer ta secrétaire. Au fait, comment va cette somptueuse créature ?

— Bien, dit Jason d'un ton pincé. Alors que veux-tu de moi ? Que je kidnappe le gosse ? À moins qu'on ne le fasse assassiner et qu'on n'en parle plus.

— Il a besoin d'un père.

— Tu l'as dans la peau ?

— Oui. Je n'ai jamais rien éprouvé de pareil pour une femme, et il y a de la concurrence. Tous les hommes de la ville lui courent après.

— C'est une dévoreuse d'hommes ou quoi ?

— Ian Newsome lui court après.

— Ah bon ? fit Jason en adressant à son frère un sourire. Il était bien la coqueluche de toutes les filles ? N'at-il pas épousé Angela, la meneuse des supporters de l'équipe de football ?

— Divorcé. Et il est concessionnaire Cadillac.

— Il doit gagner beaucoup d'argent, fit Jason, sarcastique. On n'achète pas beaucoup de Cadillac à Abernathy.

— Je demande seulement à être un peu seul avec Amy. Si je pouvais la voir seule, je sais que je pourrais…

— T'en faire aimer? Ça ne marche pas comme ça.

— D'accord, mais je voudrais au moins essayer.

— Newsome n'a qu'à lui envoyer une voiture décapotable rouge et elle est à lui. Tu pourrais peut-être lui donner des consultations gratuites.

— Elle n'est pas comme ça! s'indigna David.

Comme la moitié des clients du bar se retournaient vers lui, il baissa la voix.

— J'aimerais que tu cesses tes plaisanteries, poursuivit-il. Je ne crois pas pouvoir vivre sans elle.

David ne demandait pas souvent de l'aide, et jamais pour lui-même. Il avait fait ses études de médecine sans accepter un sou de sa part. « Si on me l'offre sur un plateau, avait-il dit, ça perd de sa valeur. » Il devait encore être endetté jusqu'au cou, mais continuait à refuser tout soutien financier.

Ce que David souhaitait était d'ordre personnel, et sans rapport avec la fortune de Jason. Voilà bien longtemps qu'on n'avait pas fait appel à autre chose qu'à son argent.

— Je ferai mon possible, assura Jason.

— Tu es sérieux? fit David en levant la tête. Non, non, qu'est-ce que je raconte? Tu ne feras pas ce que j'ai en tête.

— Qu'as-tu en tête exactement?

— Que tu habites avec elle.

— Quoi! s'exclama Jason.

Comme les clients se retournaient de nouveau vers eux, il se pencha vers son frère:

— Tu veux que j'habite avec ta petite amie?

— Ce n'est pas ma petite amie. En tout cas, pas encore. Mais je veux introduire dans cette maison quelqu'un qui neutralise ce gamin. Et pour qu'elle accepte de le faire garder, il faut qu'elle ait confiance en cette personne.

— Et tu dois t'occuper de Newsome.

— Oui, et de tous ceux qui lui courent après.

— D'accord, je vais appeler Parker et elle pourra...

— Non ! Il faut que ce soit toi ! Pas ta secrétaire. Ni ton chef, ni ton pilote, ni ta femme de ménage. Toi.

Comme Jason le dévisageait, consterné par son soudain accès de violence, David se calma.

— Ce gosse a besoin d'une autorité masculine. Tu sais t'y prendre avec les mômes. Regarde comme tu as bien réussi avec moi.

Il est vrai qu'il avait été un père pour ce frère beaucoup plus jeune que lui, se rappela Jason, flatté du compliment. Leur mère partie et leur père travaillant soixante heures par semaine, ils étaient livrés à eux-mêmes.

— S'il te plaît, dit David.

— D'accord, fit Jason à contrecœur.

À New York, il était connu pour son intransigeance, mais David avait le pouvoir de le faire céder.

En outre, Jason n'était pas fâché de livrer une des seules batailles qu'il ait jamais perdues. Un monstre l'avait écarté de l'une des seules femmes qu'il ait jamais aimées, et depuis il n'avait cessé de regretter de ne pas s'être battu pour elle. L'année passée, il l'avait revue. Elle était mariée à un homme avec qui Jason était en affaires. Elle était heureuse et épanouie. Ils possédaient une grande maison à Long Island et avaient deux enfants. À présent, à quarante-cinq ans, Jason se demandait ce qu'aurait été sa vie s'il ne s'était pas laissé avoir par un petit arnaqueur de treize ans.

— J'accepte, dit-il. Je resterai et veillerai à ce que le gosse soit occupé pendant que tu sors avec Amy.

— Ce ne sera pas facile.

— Crois-tu que je vive dans la facilité ?

— Tu ne connais pas ce gosse, et tu n'as pas vu combien Amy lui est attaché.

— Ne t'inquiète pas. Ça ne me fait pas peur. Je m'occuperai de l'enfant pendant une semaine, et si, pendant ce temps, tu n'arrives pas à tes fins avec la mère c'est que tu ne la mérites pas.

Au lieu de le remercier, comme Jason s'y attendait, David regarda de nouveau sa bière.

— Quoi d'autre ? fit Jason. Une semaine ne te suffit pas ?

Laissant vagabonder sa pensée, il se demanda avec anxiété à combien de matchs de football on pouvait assister avec un enfant sans devenir fou. Grâce à Dieu, il y avait les téléphones cellulaires, il pourrait travailler assis sur les gradins. Et s'il était pris dans un embouteillage, il pourrait toujours appeler Parker. Elle était capable de régler n'importe quoi, n'importe quand, n'importe où.

— Je veux que tu me le jures.

— Tu crois que je reviens sur ma parole ? s'indigna Jason.

— Tu confieras le boulot à quelqu'un d'autre.

— Moi, jamais !

Il dut baisser la tête pour que son frère ne voie pas ses yeux. Si les hommes avec qui il était en affaires le connaissaient aussi bien que son cadet, il ne conclurait jamais aucun marché.

— Je m'occuperai du gosse pendant une semaine, dit-il plus calmement. Je lui passerai tout. Je lui donnerai même les clés de ma voiture.

— Tu es venu en avion ; tu n'as pas de voiture.

— J'en achèterai une. Maintenant, venons-en au fait. Plus tôt j'en aurai terminé, plus tôt je partirai. Quand vais-je rencontrer cette beauté ?

— Tu me donnes ta parole d'honneur ? insista David sur le ton qu'il prenait, enfant, pour demander à son grand frère de ne pas le laisser seul.

Jason poussa un grand soupir.

— Parole d'honneur, murmura-t-il avant de regarder autour de lui pour s'assurer que personne ne l'avait entendu.

En une demi-heure, il était passé du puissant homme d'affaires au petit garçon à la figure barbouillée, scellant des serments dans le sang.

— Je t'ai déjà dit que je déteste Noël ? ajouta-t-il.

— Comment peux-tu détester quelque chose auquel tu n'as jamais pris part ? Allez, viens. Peut-être aurons-nous la chance que le gosse dorme.

— Je te ferai remarquer qu'il est deux heures du matin. Je ne pense pas que ton petit ange apprécie notre visite.

— Écoute, nous allons passer devant chez elle et s'il y a de la lumière, nous nous arrêterons. D'accord ?

Jason acquiesça, puis vida son verre, dubitatif. Quel genre de femme était cette Amy pour avoir épousé un homme comme Billy Thompkins ? Et pour veiller toute la nuit ? Ce ne pouvait être qu'une ivrogne comme lui, conclut-il.

En quittant le bar avec son frère pour rejoindre la berline où attendait son chauffeur, Jason s'était déjà fait une idée de la femme qui avait séduit David. Tout était contre elle : un mari ivrogne, un enfant odieux, une vie de noctambule.

Une fois dans la voiture, il regarda son cadet et se promit de le protéger de cette drôlesse. En roulant vers les faubourgs de la ville, il se la représentait déjà : des cheveux décolorés, une cigarette au coin de la bouche…. Était-elle plus âgée que David ? Il était si jeune, si innocent. Il n'avait pratiquement jamais quitté Abernathy et ignorait tout du monde. Rien de plus facile pour une roublarde que d'abuser de lui.

— Parole d'honneur, répéta-t-il, solennel.

David lui répondit par un sourire.

2

Salma était pire que dans son souvenir. La maison n'avait pas dû être repeinte depuis au moins quinze ans, la véranda était en partie effondrée, et d'après ce qu'il pouvait voir au clair de lune, le toit ne devait guère valoir mieux.

— Tu vois, je te l'avais dit! s'exclama David. Toutes les lumières sont allumées. Ce gosse ne dort jamais, il tient sa mère éveillée toute la nuit.

Il fallait arracher son frère à cette harpie au plus vite, pensa Jason.

— Viens, dit David.

Il était sorti de la voiture et se dirigeait vers la clôture à demi écroulée.

— Tu as peur? Dans ce cas...

— Dans ce cas, tu vas me défier? demanda Jason, intrigué.

Souriant, David franchit d'un bond les marches menant à la véranda et s'arrêta devant la porte d'entrée.

— Attention où tu mets les pieds, c'est... Oh, désolé, tu t'es fait mal? La maison a besoin de réparations.

Jason se frotta la tête et adressa une grimace à son frère. Mais David frappait à la porte avec impatience. Quelques secondes plus tard, une jeune femme ouvrit... et Jason n'en crut pas ses yeux.

Amy n'avait rien d'une sirène qui inspire des sonnets et pour laquelle les hommes tombent à ses pieds dévorés de désir. Elle avait de longs cheveux bruns d'une propreté douteuse. Elle n'était pas maquillée et sa peau ivoire était mouchetée de points blancs sur le menton. Ses immenses yeux noirs semblaient lui avaler le visage et faisaient paraître sa bouche minuscule. Elle était petite et fragile, et ses os qui pointaient sous ses vêtements dénonçaient une certaine sous-alimentation. Seule, son énorme poitrine attirait le regard.

— Entre, David, dit-elle en se réfugiant dans la maison, fais comme chez toi. Grâce au Ciel, Max dort. Je vous offrirais bien du gin, mais je n'en ai pas, alors rabattez-vous sur le vieux cognac, que je n'ai pas non plus.

— Merci, dit gaiement David. Dans ce cas, je prendrai du champagne.

— Sers-m'en un seau entier, répondit-elle de la pièce où elle avait disparu.

David se tourna vers Jason et son regard semblait demander : n'est-elle pas la personne la plus spirituelle que tu aies jamais rencontrée ?

Mais Jason regardait autour de lui. Il faisait l'inventaire du lieu. Miteux était le mot qui lui venait à l'esprit. Rien n'allait avec rien. Un vieux canapé affreux recouvert d'un tissu brun usé, un horrible fauteuil tapissé d'une toile imprimée de tournesols et de feuilles de bananier et, en guise de table basse, un de ces énormes rouleaux de bois peint couleur fuchsia.

On imaginait très bien Billy Thompkins dans ce cadre.

David donna un coup de poing dans les côtes de son frère et lui montra la porte.

— Sois un peu indulgent, souffla-t-il au moment où Amy revenait dans la pièce.

Remarquant le regard de Jason, elle passa la main sur le bas de son visage, faisant disparaître les points blancs, puis sourit.

— Du riz, expliqua-t-elle. Si mon bébé en avalait autant que j'en reçois, il serait gras comme un petit cochon.

— C'est mon cousin Jason, annonça David. Tu sais, celui dont je t'ai parlé. Il te serait vraiment reconnaissant de l'héberger jusqu'à ce que son cœur soit guéri.

Jason regarda son frère, interloqué.

— Oui, bien sûr. Je comprends. Entrez et asseyez-vous, dit Amy. Je suis désolée que Max ne soit pas encore réveillé, ajouta-t-elle à l'adresse de Jason. Mais vous le verrez dans trois heures environ, c'est promis.

Jason commençait à se dire qu'il y avait anguille sous roche. Et l'anguille c'était son petit frère. Le frère qu'il avait en partie élevé. Le frère qu'il avait toujours chéri. Celui pour qui il aurait donné sa vie. Ce frère s'était manifestement payé sa tête.

Ayant compris depuis longtemps qu'il suffit, pour apprendre ce qu'on veut savoir, de garder la bouche fermée, Jason s'assit et écouta.

— Je peux vous offrir du thé ? demanda Amy. Si le champagne n'est pas dans mes moyens, le thé l'est. J'ai aussi de la feuille de camomille et de framboisier. Non, celle-là est bonne pour le lait, et je doute que vous en ayez besoin, dit-elle avec un sourire entendu à l'adresse de Jason.

Et celui-ci commençait à comprendre. Il remarqua certains objets qui lui avaient jusque-là échappé : un tigre en peluche, ou plus exactement Tigrou de *Winnie l'Ourson*, et contre le fauteuil aux tournesols un livre en tissu.

— Quel âge a votre fils ? demanda-t-il, la mâchoire crispée.

— Vingt-six semaines aujourd'hui, annonça fièrement Amy. Six mois.

— Suis-moi dehors, dit Jason en foudroyant son frère du regard. Excusez-nous, ajouta-t-il à l'adresse d'Amy.

Comme David ne faisait pas le moindre geste pour s'extraire du vieux canapé, Jason le souleva sans effort par les épaules.

— Nous en avons pour une minute, dit David, tandis que son aîné le traînait hors de la maison.

Une fois dehors, Jason regarda son frère avec fureur.

— À quoi joues-tu ? demanda-t-il d'une voix dangereusement calme. Et ne t'avise pas de me mentir.

— Je ne pouvais rien te dire, sinon tu serais remonté dans ton fichu jet. Mais je ne t'ai pas vraiment menti. J'ai simplement omis quelques détails.

— Je ne pensais tout de même pas que mon propre frère... Oh, et puis après tout, tant pis. Retourne dire à cette pauvre jeune femme qu'il y a eu erreur, et...

— Tu reviens sur ta parole d'honneur. J'en étais sûr.

Essayant de ne pas perdre son self-control, Jason ferma brièvement les yeux.

— Nous ne sommes plus à l'école primaire. Nous sommes adultes, et...

— C'est vrai, dit David, glacial, en se dirigeant vers la voiture qui attendait le long du trottoir.

Oh Seigneur, pensa Jason. Son frère lui en voudrait éternellement. D'un bond, il le rattrapa par le bras et l'arrêta.

— Tu m'as extorqué une promesse idiote. Je pourrais à la rigueur m'occuper d'un petit garçon, mais c'est... David, c'est un bébé. Il a des couches.

— Et tu es trop distingué pour t'en occuper, c'est ça ? Bien sûr, le grand et riche Jason Wilding est trop brillant pour changer les couches d'un bébé. Sais-tu combien de fois j'ai vidé des bassins ? Introduit des sondes ? Combien de fois j'ai...

— D'accord, tu as gagné. Tu es saint David et je suis le diable incarné. Quoi qu'il en soit, je ne peux pas.

— Je savais que tu reviendrais sur ta promesse, marmonna David.

— Que lui as-tu dit exactement ? demanda Jason, tout en imaginant sa secrétaire débarquant à Abernathy pour s'occuper du gosse.

— Je lui ai dit que tu étais mon cousin, répondit David. Que tu te remettais d'une peine de cœur, que

18

c'était le premier Noël que tu passais seul. Qu'on repeignait ton nouvel appartement, de sorte que tu ne savais pas où habiter pendant une semaine. J'ai dit aussi que tu adorais les bébés et qu'elle te ferait une grande faveur en t'hébergeant une semaine et en te confiant Max, pendant la journée, tandis qu'elle chercherait du travail.

Ce n'était pas aussi grave que l'avait d'abord cru Jason, quand il avait entendu évoquer sa « peine de cœur ».

Sentant son frère fléchir, David ajouta :

— Je ne demande qu'un peu de temps avec elle. J'en suis fou. Tu vois comme elle est merveilleuse. Elle est drôle et courageuse et...

— Et a un cœur d'or, je sais, dit Jason d'un ton las en se dirigeant vers la voiture.

Léon était déjà dehors et tenait la portière arrière ouverte.

— Appelez Parker et dites-lui de venir ici au plus vite, ordonna-t-il.

Cela faisait du bien de donner des ordres.

— Si je fais ça pour toi, ajouta-t-il, tu ne me demanderas plus jamais rien. Compris ? C'est ma dernière faveur.

— Parole de scout, dit David en levant deux doigts.

Il avait l'air si heureux que Jason lui pardonna presque. Puisque David lui avait menti, il se sentait libre de biaiser un peu. En tout cas, il ferait appel à sa secrétaire pour le tirer de ce mauvais pas.

— Tu ne le regretteras pas, l'encouragea David. Je te le promets.

— Je le regrette déjà, grogna Jason en rentrant dans la maison à la suite de son frère.

Une fois à l'intérieur, David s'excusa, disant qu'il devait se lever tôt, et les laissa seuls.

— Je... euh... commença Jason, ne sachant que dire à la jeune femme qui le regardait comme si elle attendait quelque chose.

Que voulait-elle ? Un curriculum vitæ peut-être ? Où figureraient plusieurs sociétés cotées en Bourse lui appartenant, mais rien sur son aptitude à changer des couches.

Comme Jason restait muet, elle lui sourit et dit :

— Vous devez être fatigué. La chambre d'amis est ici. Je suis désolée, mais le lit est étroit. Je n'y ai encore jamais reçu personne.

Jason essaya de lui sourire en retour. Ce n'était pas sa faute si son frère était amoureux d'elle, mais, à dire vrai, il ne voyait pas ce qu'il lui trouvait. Personnellement, il aimait les femmes propres et soignées, qui passaient leurs journées dans des instituts de beauté.

— Où sont vos sacs ?

— Mes sacs ? fit-il ne sachant ce qu'elle voulait dire. Ah oui, mes bagages. Je les ai laissés… chez David. J'irai les chercher demain matin.

— J'ai cru… commença-t-elle, mais elle n'acheva pas sa phrase et détourna les yeux. La chambre est là, reprit-elle, et il y a une petite salle de bains. Ce n'est pas grand-chose, mais voilà… Bonsoir, monsieur Wilding.

Tournant les talons, elle disparut par une autre porte. Jason n'avait pas l'habitude d'être congédié. Il est vrai qu'il vivait entouré de flatteurs.

— Bonsoir, maugréa-t-il avant d'entrer dans la chambre qu'elle lui avait indiquée.

Elle était pire, si cela était possible, que le reste de la maison. Le lit qui en occupait le centre était recouvert d'une vieille courtepointe rouge et blanc effrangée mais propre. Seul autre meuble, un carton retourné sur lequel était posée une lampe qu'Edison aurait pu utiliser. Il y avait une minuscule fenêtre sans rideaux et deux portes, dont l'une donnait dans la salle de bains aux carreaux blancs à moitié fêlés.

Dix minutes plus tard, Jason était en sous-vêtements, grelottant sous les draps. Demain, il enverrait sa secrétaire lui acheter une couverture électrique.

Dans le courant de la nuit, un bruit étrange le réveilla – un grincement, suivi d'un froissement de papier. Il avait toujours eu le sommeil léger, et des années de voyages en jet l'avaient pratiquement rendu insomniaque. Il entra pieds nus et à pas feutrés dans le salon faiblement éclairé par la lune et resta un moment immobile à écouter. Le bruit provenait de la chambre de la femme.

Se plantant devant la porte ouverte, il hésita. Peut-être se livrait-elle à quelque occupation intime. Une fois habitué à la pénombre, il l'aperçut dans son lit, endormie. Honteux de jouer les voyeurs, il s'apprêtait à regagner le sien, lorsque le bruit reprit. Scrutant la pièce, il remarqua dans un coin une espèce de cage, puis, à force de plisser les yeux, discerna un vieux berceau dans lequel trônait un bébé ours.

Jason cligna des yeux, secoua la tête, puis regarda à nouveau le petit ours qui tournait la tête et lui souriait. Il distinguait nettement deux dents étincelant dans la lumière argentée.

Sans réfléchir, il entra dans la chambre sur la pointe des pieds et prit l'enfant, s'attendant à ce qu'il pousse un hurlement, mais rien ne vint. Toutefois, le bébé lui pinça la figure.

Après avoir écarté la petite main, il emporta l'enfant dans sa chambre, le déposa sur le lit étroit et le couvrit de la courtepointe.

— Et maintenant dors, ordonna-t-il d'un ton sévère.

Le bébé le regarda en clignant des yeux, puis gigota et s'endormit, couché en travers du lit.

— Pas mal, fit Jason, fier de son succès.

Pas mal du tout. Dommage qu'il n'ait pas usé de cette même autorité, des années plus tôt, pour se faire obéir d'un autre horrible garçon. Peut-être qu'alors...

Le lit était trop étroit pour qu'ils y tiennent tous les deux, car l'enfant était gras comme une dinde de Noël. Pas étonnant qu'il l'ait d'abord pris pour un ourson.

Que faire? se demanda Jason en regardant sa montre. Quatre heures. New York dormait, impossible donc de travailler. Mais Londres était éveillée.

Après avoir revêtu son costume pour se protéger du froid, il prit son portable dans la poche de son pardessus, s'approcha de la fenêtre, où la réception serait meilleure, et composa un numéro. Quelques minutes plus tard, il était en duplex avec les dirigeants d'une société qu'il venait d'acheter. Il entendait en arrière-plan les bruits d'une célébration de Noël, et devinait que les directeurs regrettaient de ne pas y participer, mais Jason s'en moquait. Les affaires étaient les affaires, il était temps qu'ils l'apprennent.

3

Je ne l'aime pas, se disait Amy, étendue sur son lit.

— Je ne l'aime pas, je ne l'aime pas, je ne l'aime pas, répéta-t-elle à haute voix.

Quand David lui avait proposé d'héberger son cousin homosexuel pour une semaine, Amy avait tout de suite refusé.

— Comment vais-je le nourrir ? avait-elle demandé. J'ai à peine de quoi nous nourrir Max et moi.

— Il, euh, il... Il adore faire la cuisine. Et en plus, je suis sûr qu'il sera ravi de la faire pour quelqu'un. Il achètera tout ce dont tu as besoin, avait-il répondu sur un ton qui avait laissé Amy dubitative. Je t'assure. Écoute, Amy, je sais que ça te dérange, mais Jason et son petit ami viennent de rompre, et mon cousin n'a nulle part où aller. Tu me rendrais un immense service. Je le prendrais bien chez nous, mais tu sais ce que mon père pense des homosexuels.

En fait, Amy n'avait rencontré Bertram Wilding qu'une seule fois et ne savait rien de lui sinon qu'il aimait les hot dogs et le football.

— Il n'y a personne d'autre ? avait-elle gémi. Tu connais toute la ville.

David avait été si bon pour elle ; il ne lui avait rien demandé pour l'otite de Max ni pour ses vaccins, et quand elle avait eu la grippe, il lui avait envoyé son infirmière. Pas facile d'être une mère seule avec un budget serré, mais grâce à David elle avait réussi à survivre. Elle lui devait donc bien ça.

— Tu as une chambre d'amis et tu as besoin de lui. Tu n'as rien contre les homosexuels, n'est-ce pas ? demanda-t-il, sous-entendant qu'il l'avait peut-être mal jugée.

— Bien sûr que non. C'est uniquement une question de place… et d'argent. Je ne peux pas le nourrir et encore moins le payer pour garder le bébé et…

— C'est mon affaire. Jason t'aidera pour tout, et il te facilitera la vie. Crois-moi.

Elle lui avait donc fait confiance, comme tout le monde dans cette ville, et qu'y avait-elle gagné ? Elle avait vu débarquer un grand type à l'air renfrogné qui lui donnait envie de fuir. La nuit dernière, ou plutôt, ce matin après la tétée de deux heures, elle avait dû se mordre la langue pour ne pas faire une remarque désagréable, tandis qu'il inspectait la maison avec une moue de dégoût. Il portait un costume qui devait coûter plus que sa maison et le mépris qu'il affichait était par trop visible. Elle avait envie de demander à David de l'emmener, de lui dire qu'elle n'en voulait pas près de son fils.

Puis elle se rappela tout ce qu'il lui avait dit sur ce pauvre homme au cœur brisé. Mais, aux yeux d'Amy, il avait l'air plus furieux que déprimé : furieux contre le monde, furieux contre elle peut-être. Quand il avait demandé à David de le suivre dehors, elle avait failli verrouiller la porte.

Mais elle n'en avait rien fait, et à présent elle devrait passer toute une semaine avec ce pauvre type. Toute une semaine à être méprisée. Une semaine…

Un bruit de chute, suivi de cris de terreur, interrompit le fil de ses pensées. Max. Sautant de son lit, elle se précipita vers son berceau et vit qu'il n'y était pas. Amy fut dans la chambre de son pensionnaire avant qu'il n'ait eu le temps de ramasser l'enfant.

— Partez, s'écria Amy, le repoussant et prenant son bébé dans ses bras. Chut, mon amour, fit-elle serrant son enfant contre elle.

Elle le palpait, le cœur battant, à la recherche d'une

bosse, de sang… Il était tombé du lit. S'était-il cogné la tête ? Souffrait-il d'une commotion ? D'un traumatisme crânien ?

— Il a eu peur, c'est tout, dit Jason. Il est tombé sur l'oreiller, et en plus il est tellement couvert qu'on pourrait le laisser tomber du haut d'un immeuble sans qu'il se fasse mal.

Il adressa à Amy ce qu'il croyait être un sourire, mais elle le foudroya du regard. Max avait cessé de pleurer et baissait la tête vers le sein de sa mère, pour lui faire comprendre qu'il avait faim.

— Partez, dit-elle à Jason. Je ne veux pas de vous ici.

Il la regarda sans comprendre.

— Partez, vous dis-je. Vous êtes renvoyé.

Elle avait du mal à tenir Max qui gigotait pour parvenir à ses fins.

— Prenez votre… votre téléphone et partez.

Il était facile de voir qu'il téléphonait près de la fenêtre, tandis que le bébé était seul sur un lit étroit. Elle ne confierait pas Max à quelqu'un d'aussi négligent.

— Je n'ai encore jamais été renvoyé, dit Jason, les yeux écarquillés.

— Il faut un commencement à tout.

Comme Jason ne bougeait pas, elle ajouta :

— Je n'ai pas de voiture, alors si vous avez besoin d'un moyen de transport, appelez David. Je vais vous donner son numéro de téléphone.

— Je le connais, dit Jason sans bouger d'un pouce.

— Alors utilisez-le ! fit-elle en tournant les talons.

Max gigotant dans ses bras, elle entra dans le salon, le déposa délicatement sur le canapé, puis déboutonna nerveusement sa chemise de nuit, dévoilant son sein. Max s'y accrocha aussitôt, puis regarda sa mère fixement, comme s'il comprenait qu'il se passait quelque chose.

— Écoutez, je… Oh, excusez-moi, dit Jason en lui tournant le dos.

Sentant son embarras, Amy prit la couverture étalée sur le dossier du canapé et s'en couvrit.

— Je demande une seconde chance, insista Jason. J'ai eu... J'ai eu tort de laisser le bébé seul sur le lit. Mais, euh, je suis plein de bonnes intentions. Je l'ai entendu, c'est pourquoi je l'ai sorti de son berceau. Je voulais seulement vous laisser dormir deux heures de plus.

Amy sentait combien chaque mot lui était pénible à prononcer. On aurait dit qu'il ne s'était jamais excusé de sa vie. Ou plutôt qu'il n'avait jamais fait d'erreur.

— Vous me demandez de risquer à nouveau la vie de mon enfant ? demanda-t-elle d'un ton calme.

Il se retourna lentement, vit qu'elle était décente et s'assit dans le fauteuil.

— D'habitude, je ne suis pas aussi étourdi. Je mène plusieurs affaires de front. D'habitude, j'assume tout ce qui se présente à moi. En fait, je me flatte de pouvoir régler n'importe quelle situation.

— Vous n'avez pas besoin de me mentir, David m'a tout raconté.

À ces mots, le visage de l'homme prit une curieuse teinte lavande, et Amy se promit de s'en débarrasser. Je ne l'aime pas, se répéta-t-elle.

— Et que vous a dit David ? demanda-t-il d'un ton suave.

Il avait quelque chose d'intimidant. Si elle devait beaucoup à David, elle ne s'acquitterait pas de sa dette aux dépens de son enfant.

— Il m'a dit que vous étiez homosexuel et que vous vous remettiez d'un chagrin d'amour et...

— Il vous a dit que j'étais homosexuel ?

— Oui, c'est un secret, je sais, et vous ne voulez pas que ça se sache, mais il a été obligé de me le dire. Vous ne pensez tout de même pas que j'aurais laissé un hétérosexuel habiter chez moi ? Vous le pensez ? Vous me prenez pour ce genre de femme ?

Comme il ne répondait pas, elle ajouta :

— Je crois que vous feriez mieux de partir.

Jason la regarda d'un air méditatif.

— Je suis désolée que cela n'ait pas marché, ajouta-t-elle, se rappelant que David lui avait dit que son cousin n'avait nulle part où habiter, nulle part où passer Noël. Vous êtes plutôt séduisant. Je suis sûre que vous trouverez…

— Un autre amant ? Pour quel genre d'homme me prenez-vous ?

Amy rougit et regarda Max qui continuait à téter, les yeux grands ouverts, semblant écouter tout ce qui se disait.

— Excusez-moi, dit-elle. Je n'ai voulu porter atteinte à personne. Pardonnez-moi.

— Uniquement si vous me pardonnez.

— Non. Je ne pense pas que cela puisse marcher. Je ne…

Elle s'arrêta et regarda à nouveau Max. Il ne tétait plus, mais n'était pas disposé à lâcher le sein.

— Vous ne me faites pas confiance ? demanda-t-il. Vous ne voulez pas me pardonner ? Vous ne… quoi ?

— Je ne vous aime pas. Je suis désolée, mais puisque vous insistez pour connaître la vérité.

Elle arracha Max à son sein, se couvrit et le posa sur son épaule, mais il se tourna aussitôt pour regarder l'interlocuteur de sa mère.

— Et pourquoi ne m'aimez-vous pas ?

Elle décida que sa dette envers David était maintenant acquittée.

— Depuis votre arrivée, vous avez l'air méprisant, lâcha-t-elle. Nous ne pouvons peut-être pas nous offrir des costumes sur mesure et des montres en or, mais nous faisons de notre mieux. Sans doute avez-vous oublié ce que c'est que… que de faire partie de la masse. Quand David m'a suppliée de vous héberger, j'ai cru que nous pouvions nous aider mutuellement, mais je vois que vous vous croyez supérieur à la veuve de Billy Thompkins.

— Je vois, dit Jason, manifestement décidé à ne pas bouger de son siège. Et que dois-je faire pour vous donner satisfaction ?

— Je n'en ai pas la moindre idée, dit-elle, en essayant de retenir le petit Max qui se débattait dans ses bras.

Brusquement, Jason se pencha et lui prit le bébé qui poussa un cri de joie.

— Traître, souffla Amy.

Jason souleva Max, puis enfouit son visage dans le cou du bébé. Avec ses ongles, Max commença un tracé imaginaire sur la joue de Jason. Amy savait combien cela pouvait faire mal, deux fois déjà il l'avait griffée.

Après plusieurs minutes de ce manège, Jason assit le bébé sur ses genoux.

— Reste tranquille, lui ordonna-t-il, dès qu'il commença à se tortiller.

Et Max obéit. Installé, l'air ravi, sur les genoux de l'homme, il souriait à sa mère.

Amy était malheureuse d'être sans mari, malheureuse que Max n'ait pas de papa. Si imparfait qu'ait été Billy, il était gentil et aurait fait un bon père. Mais le destin en avait décidé autrement, et... Remarquant que Jason la dévisageait, elle demanda d'un ton las :

— Que voulez-vous ?

— Une seconde chance. Dites-moi, madame Thompkins, est-il déjà tombé avec vous ?

Amy se détourna en rougissant. Elle ne savait comment cela s'était passé, mais Max était tombé du lit et du plan de travail de la cuisine. La seconde fois, il était attaché sur un siège en plastique et avait atterri, toujours sanglé, sur le dos, telle une tortue dans sa carapace.

— Il y a eu deux incidents, avoua-t-elle.

— Je vois. Eh bien, ce matin, c'était mon premier et unique « incident ». Je peux vous l'assurer. Je le croyais assoupi, et comme il prenait toute la place dans le lit, je n'ai pas pu m'endormir et j'ai donné quelques coups de téléphone. C'était une erreur, mais n'y voyez aucune mauvaise intention de ma part. Que vous a encore dit David sur moi ?

— Que vous étiez sans toit en ce moment.

Paisiblement assis sur les genoux de Jason, Max, le traître, jouait avec ses grands doigts.

— Avez-vous remarqué que votre fils semble m'aimer ?

— Mon fils mange du papier. Que sait-il ?

Pour la première fois, l'homme sourit, une ébauche de sourire, mais quand même.

— Puis-je être honnête avec vous ? demanda-t-il, en se penchant vers elle. Je ne sais pas m'occuper d'un bébé. Je n'ai jamais changé une couche de ma vie. Mais je suis prêt à apprendre, et j'ai besoin d'un toit. En plus, j'aimerais vous faire changer d'opinion sur mon compte. Quand je me donne du mal, je peux être agréable.

— Cela veut dire que vous ne savez pas non plus faire la cuisine ?

— David vous a dit que je savais ?

Elle hocha la tête, se disant qu'elle devrait lui ordonner de partir immédiatement, mais Max paraissait l'aimer. Le bébé recommença à gigoter et Jason le mit debout. D'après les livres, les bébés se tiennent debout vers six mois, mais Max le faisait depuis qu'il avait cinq semaines et demie. Si Jason le surveillait, elle pourrait peut-être prendre une douche. Une vraie douche. Elle se ferait deux shampooings et mettrait un baume démêlant. Elle pourrait peut-être aussi s'épiler les jambes ! Et puis masser avec une crème hydratante sa peau desséchée par l'allaitement.

Elle le renverrait ensuite. Une fois son bain pris. Après tout, si le docteur David le lui avait tant recommandé, il ne pouvait pas être si mal.

— Ça ne vous dérangerait pas si je prenais un bain ?

— Cela veut dire que vous me donnez une seconde chance ?

29

— Peut-être, dit-elle en souriant. Vous veillerez à ce qu'il n'arrive rien à mon bébé ?

— Je prendrai soin de lui comme de la prunelle de mes yeux.

Amy disparut dans la salle de bains et, peu après, Jason entendit l'eau couler.

— Mort, dit Jason dans le combiné. Petit frère, tu es mort.

— Écoute, Jason, aujourd'hui, on est en pleine campagne de vaccination contre la grippe. C'est la journée des anciens. J'ai près de vingt patients qui m'attendent, alors dis-moi vite ce qui va causer ma mort.

— Homosexuel. Tu lui as dit que j'étais homosexuel. Elle croit que je viens de rompre avec *mon petit ami*.

— Je ne pouvais tout de même pas lui dire la vérité, se défendit David. Si je lui avais dit que mon riche et puissant frère qui possède la moitié de New York a accepté de m'aider à la courtiser, je ne pense pas qu'elle aurait accepté.

— Eh bien, elle n'a pas accepté. Elle m'a congédié.

— Congédié ?

— Oui, mais j'ai réussi à l'en dissuader.

David éclata de rire à l'autre bout du téléphone.

— Je vois, dit-il. Elle t'a offert une chance de t'en tirer, mais tu étais trop fier pour la saisir, tu t'es servi de ton pouvoir de persuasion pour garder ton boulot. Et maintenant tu es dépassé, c'est ça ? Que lui as-tu dit pour la convaincre ?

— Le gosse m'aime.

— Quoi ? Je ne t'entends pas bien. Tu as dit que Max t'aime ?

— Il m'aime. Le gosse m'aime.

— Pourquoi cet horrible gosse t'aimerait-il ? hurla David. Il n'aime personne. Il ne t'a pas encore mordu ?

Ne me dis pas qu'il te laisse le prendre ? Il n'y a que Amy qui puisse le toucher.

— Je l'ai sur mes genoux en ce moment. Et tu sais quoi, David ? Je crois que ton Amy m'aime bien aussi.

Il raccrocha, laissant son sournois de frère sur cette révélation. Une fois le combiné posé, Jason regarda Max.

— C'est mon imagination ou tu empestes comme le diable ?

Max se retourna et lui sourit, révélant ses deux petites dents. Comment pouvait-on donner le sein à un bébé ayant des dents ? se demanda soudain Jason.

— Ta mère est une femme courageuse. Maintenant, patiente, elle va sortir d'ici une minute ou deux de sa douche.

Mais Amy ne sortit de sa douche ni une minute plus tard, ni cinq, ni dix. Et Max commença à s'agiter. Jason le posa par terre, mais le bébé leva les jambes en l'air et se mit à geindre en regardant l'homme avec de grands yeux implorants.

— Je vais tuer mon frère, marmonna Jason.

Il se mit à la recherche de couches. Non qu'il sût s'en servir, mais grâce aux films et à la télévision, il avait de vagues notions. N'y a-t-il pas en général un meuble pour poser le bébé avec des étagères remplies de couches et de lotions ? À force de tergiverser, Amy sortirait peut-être de sa douche.

Mais la douche coulait toujours, et le bébé regardait l'homme d'un air lugubre. Les bébés ne pleurent-ils pas habituellement pour un oui pour un non ? Ce petit gars était un vrai soldat.

— Bon, petit, je vais essayer.

Il finit par trouver une pile de couches sous une table. C'est maintenant ou jamais, se dit-il.

Après une douche interminable, Amy enfila un vieux peignoir de bain couvert de taches de framboise et alla chercher son fils en se séchant les cheveux avec une serviette. Pour avoir laissé Max entre les mains de celui qu'elle souhaitait renvoyer, elle était persuadée d'être une mère indigne. Mais peut-être Max était-il meilleur juge qu'elle, puisque, étrangement, il aimait cet homme. Pourtant, rares étaient les personnes qui pouvaient l'approcher.

Un spectacle étonnant l'attendait. Jason, en bras de chemise, avait couché Max sur le plan de travail de la cuisine et faisait de son mieux pour le changer. Et, tandis qu'il se débattait avec la couche, le bébé le regardait avec concentration, sans gigoter comme il le faisait avec elle.

Étouffant un fou rire, Amy les observa aussi longtemps qu'elle le put sans risquer d'être découverte; puis elle regagna sa chambre et se prépara sans se presser.

Au bout d'une demi-heure, après s'être habillée, peignée et même maquillée, elle entra dans le salon et trouva Jason à moitié endormi sur le canapé, tandis que Max jouait tranquillement par terre. Il ne réclamait pas son petit déjeuner, ne demandait pas qu'on s'occupe de lui. Une publicité pour bébé modèle.

Finalement, elle ne devrait peut-être pas renvoyer Jason.

— Vous avez faim ? demanda-t-elle, le faisant sur-
sauter. Il n'y a pas grand-chose, mais servez-vous, ne
vous gênez pas. Je n'ai pas fait de courses depuis plusieurs jours. Sans voiture, ce n'est pas facile. En général, ma belle-mère m'emmène le vendredi, mais la
semaine dernière, elle était occupée, si bien que…

Consciente de trop parler, elle s'arrêta.

— N'importe quoi fera l'affaire, dit-il.

— Alors, ce sera des céréales, dit-elle en prenant
Max.

Elle l'emporta dans la cuisine et l'installa sur son
siège qu'elle plaça au milieu de la table. Elle fit de son
mieux pour mettre un joli couvert, mais avec une
chaise de bébé rouge, bleu et jaune au milieu et Max
donnant des coups de pied dans tout ce qu'elle posait,
l'opération se révéla difficile.

— C'est prêt, annonça-t-elle.

Il entra dans la cuisine et Amy fut impressionnée par
son mètre quatre-vingts. Il est homosexuel, se rappela-
t-elle. Homosexuel. Comme Rock Hudson.

Elle prépara sans dire un mot la bouillie de Max et
sa banane écrasée. Il était pourtant tentant de bavar-
der, car le son de voix adultes, même de la sienne, lui
manquait.

— David m'a dit que vous cherchiez du travail, dit
l'homme. Que savez-vous faire ?

— Rien, répondit-elle gaiement. Je n'ai ni talent, ni
ambition, ni formation. Si Billy ne m'avait pas montré
comment faire, je n'aurais jamais su comment on
tombe enceinte.

Le voyant ébaucher un sourire, elle fut encouragée
à continuer. Ce que Billy aimait le plus chez elle, disait-
il toujours, c'était sa faculté de le faire rire.

— Vous croyez que je plaisante, dit-elle en levant l'assiette à la hauteur de la bouche de son fils.

Max était tellement impatient qu'il refusait de manger sa bouillie à la cuillère et finissait généralement
par la boire. Il lui en dégoulinait, bien sûr, le tiers sur

le menton et sur ses vêtements, mais il en avalait tout de même la plus grande partie.

— En vérité, je ne suis bonne à rien. Je ne sais ni taper à la machine ni prendre en sténo. Je ne sais même pas comment allumer un ordinateur. J'ai essayé d'être serveuse, mais je mélangeais les commandes et j'ai été renvoyée au bout d'une semaine. J'ai essayé de vendre de l'immobilier, mais je disais aux clients que les maisons ne valaient pas le prix demandé et on m'a priée de partir. J'ai travaillé dans un grand magasin, mais j'étais allergique au parfum d'ambiance, et je disais aux clients où acheter les mêmes vêtements moins cher. Et les chaussures... Là, c'était le pire.

— Que s'est-il passé au rayon chaussures ? demanda-t-il en ingurgitant un deuxième bol de céréales.

— J'y dépensais tout mon salaire. C'est le seul boulot que j'ai quitté. Cela me coûtait plus que je ne gagnais.

Cette fois, il sourit presque franchement.

— Mais Billy vous a sortie de tout ça, dit-il, le regard pétillant.

Le visage d'Amy s'assombrit et elle se détourna pour prendre un torchon et essuyer la figure de Max.

— Qu'est-ce que j'ai dit ? reprit-il.

— Je sais ce que tout le monde pense de Billy, mais il était bon pour moi et je l'aimais. Comment ne l'aurais-je pas aimé ? Il m'a donné Max.

Elle regarda son fils avec adoration, et le bébé répondit par un cri et une ruade à faire basculer son siège.

— Ne devrait-il pas être dans une chaise haute ? demanda Jason en immobilisant le siège.

— Oui ! Il devrait être dans une chaise haute, et il devrait dormir dans un lit à barreaux, et il devrait avoir une table à langer et des habits à la dernière mode. Mais comme vous le savez, Billy avait d'autres priorités et... Oh, et puis zut !

— J'ai toujours aimé Billy, dit Jason doucement, il était un tel boute-en-train. Et on se sentait bien avec lui.

— Oui, c'est vrai, dit Amy, les yeux brillant de larmes. J'ai eu une enfance assez protégée, et j'ignorais que la cause de la négligence de Billy et sa…

Elle s'arrêta brusquement.

— Ma belle-mère, reprit-elle, dit que je suis tellement seule que j'inviterais le diable à dîner. Je ne me plains pas. Max me comble, c'est juste que…

— Que vous avez parfois envie de parler à un adulte.

— Vous, au moins, vous savez écouter, monsieur Wilding. Est-ce spécifique aux homosexuels ?

Il la regarda, interloqué, puis dit :

— Pas que je sache. Alors, si vous avez besoin de travailler et que vous n'êtes bonne à rien, qu'allez-vous faire ? Comment allez-vous gagner de quoi vivre ?

— Je n'en sais fichtre rien, dit Amy en s'asseyant. Vous avez une idée ?

— Retournez à l'école.

— Et qui gardera Max pendant ce temps ? Comment pourrai-je payer quelqu'un pour s'en occuper ? Et puis, je suis trop bête pour aller à l'école.

De nouveau, il sourit.

— J'en doute, dit-il. Votre belle-mère ne peut-elle pas s'occuper de lui ?

— Elle a un club de bridge, un club de natation, au moins trois clubs de commérages, et ses cheveux lui prennent beaucoup de temps, ajouta-t-elle avec un geste ample.

— Oui, je me rappelle que Mildred avait un culte pour ses cheveux.

— Les guerres de religion ont suscité moins de fanatisme. Mais, quoi qu'il en soit, vous avez raison, il faut que je trouve un boulot. Justement, cet après-midi, j'ai un entretien.

— Pour quel travail ? demanda-t-il.

Devant l'intensité de son regard, elle baissa les yeux.

— Du ménage. Ne me regardez pas comme ça. C'est un travail honorable.

— Mais cela vous rapportera-t-il de quoi payer quelqu'un pour s'occuper du bébé?

— Je n'en suis pas sûre. Les chiffres et moi...

— Les chiffres, ça me connaît. Je veux tout voir. Votre chéquier, vos revenus, la liste de vos dépenses, tout. Il faut que je connaisse vos rentrées et vos sorties. Donnez-moi tout et je me débrouillerai.

— Je ne sais pas si je peux. C'est confidentiel.

— Appelez David, si vous voulez, et demandez-lui. Je pense qu'il vous dira que vous pouvez me faire confiance.

Elle l'étudia un moment. Il y avait si longtemps qu'elle ne s'était pas trouvée avec un adulte, et plus longtemps encore, lui semblait-il, avec un homme. Billy ne s'était jamais embarrassé des questions financières. S'il y avait de l'argent, il le dépensait; sinon, il trouvait quelqu'un à qui en emprunter.

— Je n'ai pas grand-chose, dit-elle. Un chéquier, mais je ne fais pas souvent de chèques, et...

— Montrez-moi ce que vous avez. Occupez-vous de Max et je m'occupe des chiffres.

— C'est une habitude chez vous de donner des ordres? De prendre en charge la vie des gens, comme s'ils étaient demeurés?

— Sans doute, dit-il, interloqué. Je n'y avais jamais réfléchi.

— Je parie que vous n'avez pas beaucoup d'amis.

Il parut de nouveau saisi, et la regarda comme s'il ne l'avait jamais vue.

— Vous êtes toujours aussi directe? demanda-t-il.

— Oh oui. Ça permet de gagner du temps. Il vaut mieux voir les gens tels qu'ils sont.

— Et vous saviez tout sur Billy Thompkins avant de l'épouser, je suppose.

— Vous pouvez vous moquer de moi autant que vous voudrez, mais, croyez-le ou pas: oui, je le savais. Quand j'ai fait sa connaissance, j'ignorais son besoin de drogue et d'alcool, mais je savais qu'il avait besoin de moi. Je me sentais fontaine devant un assoiffé, et je le sentais… Il me donnait l'impression d'être importante. Vous comprenez ?

— D'une certaine façon. Alors, où est votre dossier financier ?

Ce fut au tour d'Amy d'être saisie par la manière abrupte dont Jason la rappelait à l'ordre. Que cache-t-il ? se demandait-elle.

Après lui avoir donné ce qu'il désirait, elle passa une heure à nettoyer la cuisine et à empêcher Max de faire des bêtises. Lorsqu'il trouvait l'angle d'un meuble, Max n'avait de cesse de s'y cogner.

— Vous pouvez venir ici ? appela Jason.

Amy eut l'impression d'être un enfant convoqué dans le bureau du directeur. Dans le salon, il la fit asseoir sur le canapé, Max gigotant sur ses genoux.

— Pour parler franchement, madame Thompkins, votre situation financière est déplorable. Vos revenus sont bien inférieurs au seuil de pauvreté, et d'après ce que je vois, vous n'avez pas les moyens d'augmenter vos ressources. J'ai donc décidé de vous consentir, disons, un prêt permanent, de façon que vous puissiez élever cet enfant et…

— Un quoi ?

— Un prêt permanent. Je veux dire que vous n'aurez pas à le rembourser. Nous commencerons avec, disons, dix mille dollars et…

Voyant Amy se lever, se diriger vers la porte d'entrée et l'ouvrir, il s'arrêta…

— Au revoir, monsieur Wilding.

Jason se leva, éberlué. Il n'était pas habitué à ce qu'on refuse son argent. Tous les jours, il était sollicité pour des prêts.

— Je ne veux pas de votre aide, dit-elle, les lèvres pincées.

— Mais David vous donne de l'argent, vous me l'avez dit.

— Il a soigné mon fils gratuitement, oui, mais en échange, je lui ai nettoyé sa maison, son cabinet, et sa voiture. Je ne demande pas la charité. À personne.

Jason parut stupéfait. Jamais il n'avait entendu une chose pareille.

— Je m'excuse, dit-il lentement. Je croyais...

— Vous pensiez que, étant pauvre, j'en étais réduite à vivre d'aumônes. La maison que j'habite a besoin de réparations, je le sais. L'endroit et la façon dont je vis ne regardent que moi, poursuivit-elle. Je crois sincèrement que Dieu pourvoira à mes besoins.

Jason la regarda, interloqué.

— Vous n'êtes pas de votre temps, madame Thompkins. Aujourd'hui, on prend ce qu'on peut, sans se soucier du reste du monde.

— Quelle mère serais-je si j'enseignais cela à mon fils ?

Sur ces mots, Jason fit un pas en avant et lui prit Max des bras. Comme la première fois, le bébé se laissa faire et se blottit contre sa poitrine.

— Pardonnez-moi de n'avoir pas vu tout de suite que vous étiez unique au monde.

— Pas du tout, dit Amy en souriant. Peut-être n'avez-vous rencontré que très peu de gens. Maintenant, si vous voulez vraiment aider, vous pouvez vous occuper de Max cet après-midi, le temps de cet entretien.

— Pour faire des ménages, dit-il en faisant la grimace.

— Trouvez-moi quelque chose qui soit dans mes cordes et je le ferai.

— Non, dit-il en la regardant comme si elle débarquait d'une autre planète. Je ne connais pas le marché du travail à Abernathy.

— Il est pratiquement inexistant. Je vais vous dire ce qu'il faut faire pour Max, et ensuite je me prépare.

— Je croyais que votre rendez-vous était pour cet après-midi. Vous avez le temps.

— Je n'ai aucun moyen de transport, et c'est à huit kilomètres. Je tiens à faire bonne impression à cette entrevue, parce que, si ça marche, on me permettra d'emmener Max avec moi, à condition de le laisser dans un parc. Si j'obtiens ce travail, tous nos problèmes seront réglés.

— Pour qui travailleriez-vous?

— Bob Farley. Vous le connaissez?

— Je l'ai rencontré, mentit Jason.

Il connaissait très bien Bob Farley; si Amy était prise, ce serait pour sa jeunesse et pour sa beauté: Farley était le plus grand débauché de la région.

— Je vais m'occuper du bébé, dit-il. Allez vous préparer.

— D'accord, mais il faut que je vous dise d'abord pour ses repas.

Elle se lança dans un long monologue sur ce que Max aimait ou n'aimait pas, précisant qu'il ne lui fallait ni sel ni sucre. Ses aliments ne devaient pas être cuits au four et encore moins frits, mais uniquement cuisinés à la vapeur. Pour son déjeuner, il y avait du poulet et des légumes verts dans le réfrigérateur. Max, acheva-t-elle, n'aimait pas vraiment les aliments solides, il préférait le sein.

— Aussi, ne vous inquiétez pas s'il ne mange pas beaucoup.

Jason écouta à peine, mais l'assura que tout se passerait bien. Trente minutes plus tard, elle était partie et il téléphonait à son frère.

— Je me fiche du nombre de patients qui attendent. Je veux savoir ce qu'il se passe.

— Amy est merveilleuse, non?

— Elle est... différente. Attends une minute.

Il avait posé Max, qui s'était traîné jusqu'à la prise la plus proche et tirait de toutes ses forces sur le fil d'une lampe. Après avoir arraché le bébé à ce nouveau danger et l'avoir mis au milieu de la pièce, il reprit le téléphone.

— Cette femme vit sur une minuscule assurance-vie laissée par son mari, et elle n'a aucun moyen d'en gagner plus. Tu sais où elle a rendez-vous aujourd'hui ? Chez Bob Farley.

— Ah bon, fit David.

— Appelle ce vieux débauché et dis-lui que s'il l'engage, tu lui inoculeras le charbon.

— Je ne peux pas faire ça. Et le serment d'Hippocrate… Si je ne te connaissais pas, tu me ferais penser à un mari jaloux. Jason ? Tu es là ?

— Désolé. Max était coincé sous la table basse. Attends ! Voilà qu'il mange du papier. Ne raccroche pas.

Quand Jason reprit le combiné, David s'empressa de dire :

— Écoute, grand frère, je ne t'ai pas demandé de t'occuper d'elle, mais uniquement du gamin, afin de me laisser la voir seule. Une fois que je l'aurai convaincue que nous sommes faits l'un pour l'autre, je subviendrai à ses besoins et elle n'aura pas à travailler. Tu devrais lui dire de belles choses sur moi.

— Si elle croit que tu vas t'occuper d'elle jusqu'à la fin de ses jours, elle ne t'épousera sans doute pas. Elle est orgueilleuse. Et peux-tu me dire pourquoi un bébé ne doit manger ni sucre, ni sel, ni aucune sorte d'assaisonnement ?

— On prétend que, en habituant un bébé au sucre, on lui donne le goût des bonbons ; en l'éliminant, on lui garantit une meilleure santé.

— Pas étonnant que le gosse ne veuille que le sein et refuse tout aliment solide, marmonna Jason, avant de poser le combiné pour éloigner Max de la porte qu'il faisait pivoter en essayant de s'en frapper la figure.

— Accepterait-elle un cadeau de Noël de ma part ? demanda-t-il en reprenant le téléphone.

— Qu'as-tu en tête ? Acheter une affaire et lui en confier la gestion ?

Comme c'était exactement le cas, Jason ne répondit pas. D'autant que Max s'était mis à mâcher sa chaussure, et qu'il dut le prendre dans ses bras. Le bébé lui tira si fort sur la lèvre inférieure qu'il faillit l'écorcher.

— Écoute, Jason, il faut que je te laisse, dit David. Pourquoi ne te sers-tu pas de ton cerveau plutôt que de ton porte-monnaie pour trouver une solution ? Amy n'acceptera pas ton aide, quelle que soit la manière dont tu la déguises.

— Je n'en suis pas si sûr, dit Jason en arrêtant son regard sur une plante en pot posée sur un journal plié. Appelle Farley. Je le ferais bien, mais je ne veux pas qu'il sache que je suis ici, et invente ce que tu veux, mais il ne faut pas qu'il l'engage. Compris ?

— D'accord. Et comment va le monstre ?

— Très bien, dit Jason en retirant les doigts du bébé de sa bouche.

— Très bien ? C'est un petit morveux. Qu'est-ce que c'est que ce bruit ?

Max avait saisi le visage de Jason et lui avait planté un baiser mouillé sur la joue.

— Je ne suis pas sûr, mais je crois qu'il m'a embrassé, dit Jason.

Il raccrocha, avant que David ne puisse répondre et resta un moment sur le canapé, Max sur les genoux. Robuste bébé, se dit-il, et plutôt mignon. Dommage, ces vêtements de deuxième ou troisième main. Tous les gamins d'Abernathy avaient dû porter cette salopette et cette chemise délavée. Un beau petit gars comme Max ne devrait-il pas être mieux habillé ?

Il parvint tant bien que mal, malgré Max, à composer un numéro sur son portable.

— Parker, dit-il, lorsque sa secrétaire répondit.

Pas d'amabilités inutiles. Elle était son assistante depuis douze ans, et il n'avait pas besoin de se nommer.

En quelques minutes, il lui expliqua ce qu'il voulait. Elle ne précisa même pas que c'était Noël et qu'elle allait devoir abandonner sa maison et sa famille – si elle en avait une, car Jason ignorait tout de sa vie privée.

— Y a-t-il un imprimeur à Abernathy ? demanda-t-elle seulement.

— Non. De toute façon, je ne veux pas que le travail soit fait ici. Faites-le faire à Louisville.

— Vous avez une couleur de préférence ?

Jason regarda Max jouant avec un cube de bois ayant probablement appartenu à son père.

— Bleu, dit-il. Pour un petit garçon. Pas de Jeannot Lapin rose et blanc.

— Je vois. Tout le bazar.

— Tout. Et puis, achetez-moi une voiture, quelque chose de banal, comme une…

— Toyota ?

— Non. Une Américaine.

Amy était sûrement contre les voitures étrangères.

— Une Jeep, précisa-t-il. Je veux que la voiture soit très sale, qu'il faille la laver. Et achetez-moi des vêtements.

Comme tous les habits de Jason étaient faits sur mesure, il était courant que Parker lui en fasse envoyer.

— Non. Je veux des vêtements normaux. Des blue-jeans.

— Avec ou sans franges ?

Jason fixa le téléphone, stupéfait. En douze ans, il n'avait jamais entendu Parker faire une plaisanterie. Avait-elle le sens de l'humour ?

— Pas de franges, dit-il. Des vêtements de campagne, mais pas trop chers.

— Je vois, répondit Parker.

Si son patron avait éveillé sa curiosité, elle n'en montrait rien.

— Maintenant, appelez Charles et dites-lui de venir ici et de préparer quelque chose pour ce gosse.

Il y eut une pause, ce qui était inhabituel de la part de Parker qui acquiesçait généralement à toutes ses demandes.

— Je me demandais où s'installerait Charles, dit-elle pour expliquer son silence. Il voudra un matériel adéquat.

Vu le snobisme et le talent du chef de Jason, c'était un euphémisme.

Max essayait de se mettre debout en s'agrippant à la nappe délavée d'une vieille table. S'il la tirait, trois pots de fleurs s'écraseraient sur sa tête.

— Faites ce que je vous demande, lança Jason avant de raccrocher pour se porter au secours de Max.

Était-ce la cinquième ou la sixième fois en l'espace d'une heure que le bébé avait failli se tuer ?

— D'accord, petit, dit-il décrochant les petites mains du tissu et prenant le bébé dans ses bras. Nous allons nous occuper de ton déjeuner. Un déjeuner sans sucre, ni sel, ni beurre, ni assaisonnement d'aucune sorte.

À ces mots, Max planta un nouveau baiser mouillé sur la joue de Jason, qui trouva la chose plutôt agréable.

6

— Vous êtes engagée ? demanda Jason, dès qu'Amy entra.

— Non, dit-elle, l'air abattu. Et j'arrive juste à temps pour la tétée, ajouta-t-elle en prenant Max.

Sans paraître remarquer l'embarras de Jason, elle se laissa tomber sur le vieux canapé, déboutonna sa robe, décrocha son soutien-gorge et donna le sein à Max.

— Et si nous sortions dîner, ce soir ? demanda-t-il. Je vous invite.

— Aïe ! s'exclama Amy avant de glisser un doigt dans la bouche de Max pour lui faire lâcher prise un instant. Ce sont ses dents. Avant sa naissance, j'aimais l'idée de donner le sein. Je pensais que ce serait merveilleux, et ça l'est, mais c'est aussi…

— Douloureux ?

Elle lui répondit par un sourire, qu'il lui rendit.

— Même si David ne me l'avait pas dit, j'aurais deviné que vous êtes homosexuel. Vous êtes très perspicace, et sous vos airs durs et insensibles, vous êtes en réalité un tendre, non ?

— Je n'ai jamais été jugé comme tel.

Jason se regarda dans un miroir fêlé, accroché sur sa droite. Avait-il vraiment l'air si dur et insensible ?

— Alors, qu'a inventé Max pendant mon absence ?

Jason sourit à nouveau et se lança dans un récit comique de son après-midi avec Max.

— Pour Noël, je crois que je vais lui offrir un jeu de couteaux, qu'il puisse plus facilement se blesser. Il se donne tellement de mal pour se cogner la figure ou se fendre le crâne, que je lui rendrai ainsi la vie plus facile.

Amy rit et ajouta :

— Des couteaux attachés à des cordons. N'oubliez pas les cordons, sinon comment pourrait-il s'étrangler ?

— Ah oui ! Les cordons. Et puis je vais l'emmener visiter une fabrique de papier. Je le mettrai au milieu et le laisserai manger tout son soûl.

Comme Amy mettait Max à l'autre sein, Jason lui fit signe de lever le bras, et glissa un oreiller, pour qu'elle n'ait pas à supporter le poids de la tête de Max.

— Et n'oubliez pas les tiroirs : qu'il puisse les ouvrir et se les refermer sur les doigts.

Ils riaient maintenant de bon cœur. Pour la première fois, Jason se trouvait avec une femme qui s'amusait sincèrement de ses plaisanteries.

— Que diriez-vous d'une pizza si vous ne souhaitez pas aller au restaurant ? demanda soudain Jason. Une énorme pizza. Des Cocas géants et du pain à l'ail ?

— Pour mon lait, je ne sais pas si je devrais. Je ne pense pas que le lait parfumé à l'ail convient aux bébés.

— Ça n'a pas l'air de gêner les Italiens.

— C'est vrai, reconnut Amy avec un sourire. Allons pour la pizza. Mais seulement si je paie ma part.

— Vous êtes trop pauvre pour payer quoi que ce soit, rétorqua Jason, avant de le regretter.

— Ce n'est que trop vrai. Pendant le dîner, nous pourrions parler de mon avenir. Vous avez une idée ?

— Aucune. Vous pourriez toujours épouser un jeune et gentil médecin et ne pas avoir à travailler.

— Un médecin ? Vous voulez parler de David. Il ne s'intéresse pas à moi.

— Il est fou de vous.

— Vous me faites rire. David est amoureux de toutes les femmes de cette ville, d'où sa popularité. En plus, je ne cours pas après l'argent et je ne veux pas vivre aux crochets d'un homme quel qu'il soit. Je veux faire quelque chose, mais je ne sais pas quoi. Si seulement j'avais un talent, si je savais chanter ou jouer du piano…

— Vous êtes, me semble-t-il, douée pour la maternité.

— Vous êtes trop mignon, dit Amy en penchant la tête de côté. Vous pouvez commander des pizzas avec votre téléphone ?

— Bien sûr, dit-il en souriant.

Plus tard, tandis que Max dormait sur le canapé, ils allumèrent des bougies et bavardèrent. Jason l'interrogea sur sa vie avec Billy, et après quelques réticences, elle se mit à parler et il comprit qu'elle en avait besoin.

À mesure qu'elle se confiait, il voyait l'ivrogne d'Abernathy sous un jour différent. Depuis l'âge de quatorze ans, quand il avait commencé à boire, Billy Thompkins avait été la risée de la ville. Dès qu'il touchait une voiture, il la cassait. Ses parents avaient dû hypothéquer leur maison pour payer les cautions qui le tiraient de prison. Mais Amy avait vu en lui quelque chose que personne d'autre n'avait vu.

On livra une pizza géante, et tout en parlant, elle en mangea les trois quarts, sans s'en apercevoir. Jason avait depuis longtemps oublié qu'une pizza pouvait être un festin.

Dès que le dernier morceau de pizza eut disparu, Amy bâilla, et bien qu'il ne fût que neuf heures du soir, il lui conseilla d'aller se coucher. Elle se leva et se pencha pour prendre Max, mais Jason la devança et souleva le bébé sans le réveiller.

— Vous êtes un vrai papa, dit Amy d'une voix endormie en le précédant dans sa chambre.

Jason déposa Max dans le vieux berceau qui lui tenait lieu de lit, puis se retira sans bruit… Étrangement, lui aussi avait sommeil. Il ne se couchait généralement pas avant une ou deux heures du matin, mais passer sa journée à arracher un bébé à toutes sortes de dangers l'avait épuisé.

Une fois dans sa chambre, il enleva son pantalon, s'effondra sur le lit en chemise et caleçon et sombra dans l'inconscience jusqu'à ce que Max pousse un cri strident. Bondissant hors du lit, il courut dans la cuisine, où il trouva Amy donnant le sein au bébé. Bien qu'il fasse encore nuit, ils étaient tous les deux habillés.

— Quelle heure est-il ? demanda Jason en se frottant les yeux.

— À peu près six heures et demie. Max a dormi tard ce matin.

— Quel était ce cri ?

— Il s'exerce, j'imagine. Il aime crier. Ne devriez-vous pas vous habiller ?

— Oui, bien sûr.

Il se rendit compte de la légèreté de sa tenue et du visage empourpré d'Amy. De la sentir embarrassée à cause de lui ne lui déplut pas.

David, se rappela-t-il. David est amoureux d'elle.

— Je l'ai trouvé coincé dans la porte d'entrée, dit-elle en montrant un journal plié sur la table de la cuisine. Et il y a une voiture devant la maison.

Il retira la bande du journal et prit la note enveloppant les clés qui avait été glissée à l'intérieur. C'était un message tapé à la machine, disant que ses vêtements étaient dans le coffre de la voiture et que les autres questions étaient réglées. On prendrait contact avec lui.

— On dirait un message d'espion, souffla Jason.

Levant les yeux, il vit qu'elle n'avait rien entendu.

Elle pointa le doigt sur le journal étalé sur la table. Sur une double page, on y annonçait des soldes colossaux dans un magasin pour bébés, à une quinzaine de kilomètres d'Abernathy. Le propriétaire vendait des chambres avec meubles et literie pour deux cent cinquante dollars le lot. Amy montrait une photo où l'on voyait un lit, une chaise à bascule, une table à langer et un mobile avec cow-boys et chevaux. Jason ne put s'empêcher de la taquiner.

— Y a-t-il encore des céréales dans la maison ou Max a-t-il tout mangé ?

Il prit le journal et l'ouvrit.

— Le prix de l'or a baissé, fit-il remarquer, tenant le journal de manière à ce que l'immense annonce se trouve juste devant les yeux d'Amy. Je devrais peut-être en acheter.

— Vous croyez que je peux me le payer ? Qu'en pensez-vous ? demanda-t-elle, quand elle eut retrouvé sa voix. Je devrais peut-être appeler David et lui emprunter l'argent. Oh non, il faut y être à neuf heures, à l'ouverture du magasin. Comment y aller ? Peut-être que David…

À ces mots, Jason posa le journal et balança les clés de la voiture devant son nez.

— Allons voir David, dit-elle vivement. Je vous rembourserai l'essence plus tard. Regardez au bas de la page. C'est écrit : « Tout pour le bébé ». Je me demande s'il y a aussi des vêtements ? Oh mon Dieu, Max n'a jamais eu que des habits usagés. Je peux emprunter votre téléphone pour appeler David ?

— Je vous prête l'argent, dit-il, regrettant de ne pas avoir demandé à sa secrétaire d'inclure les vêtements.

— Non. Je peux rembourser David en travaux, mais vous, vous n'avez besoin de rien.

Cette remarque le contraria. Pourtant ne vaudrait-il pas mieux qu'elle emprunte à son frère ? Le but, après tout, était de réunir David et Amy. Au fait, pourquoi n'était-il pas passé, hier soir ?

— Allez jeter un coup d'œil à ma voiture, dit Jason. Et dites-moi combien vous me prendrez pour la nettoyer.

Après lui avoir confié Max, elle sortit et revint dix minutes plus tard.

— Cent dollars, annonça-t-elle. Comment pouvez-vous être aussi sale ?

Parker avait-elle fait du zèle ?

— Et cent cinquante dollars de plus pour les vêtements qui sont à l'arrière. Vraiment, monsieur Wilding, je ne vous croyais pas comme ça.

— Je, euh... commença-t-il, tel un petit garçon pris
en faute.

— Maintenant, allez vous habiller, et revenez
prendre votre petit déjeuner. Je tiens à arriver à l'ouverture du magasin. Il n'y a que huit lots. Je parie que
c'est une histoire de divorce. Il préfère brader le mobilier plutôt que de laisser sa femme avoir l'argent. Quel
manque de conscience ! Je me demande s'il y a des
enfants dans le coup. Pourquoi restez-vous là à me
regarder ? Allez vous habiller. Le temps passe.

Stupéfait par l'histoire qu'Amy venait d'inventer,
Jason alla prendre une douche et remit ses vêtements
sales et fripés. Comment Parker avait-elle eu l'idée de
remplir la voiture de vêtements sales ?

Quand il entra dans la cuisine pour prendre son
maigre bol de céréales, Amy avait tout du chat qui
vient de voler de la crème.

— J'ai emprunté votre téléphone, dit-elle. J'espère
que cela ne vous dérange pas.

— Bien sûr que non. Vous étiez pressée d'appeler
David ? demanda-t-il sans réfléchir.

— Oh non. Des copines. Mais certains appels étaient
un peu loin. Je vous rembourserai... d'une manière ou
d'une autre.

— J'ai un appartement, dit-il.

Amy émit un grognement à l'idée de le nettoyer, et
tous deux éclatèrent de rire.

Ils quittèrent la maison à sept heures et demie, et en
ouvrant la portière, Jason fut épouvanté. Qu'avait-on
fait à ce malheureux véhicule ? L'intérieur était couvert
d'une boue qui s'était infiltrée dans tous les interstices.
Il se demandait si les fenêtres fonctionneraient, car la
boue avait pénétré entre la vitre et la portière. Pour
nettoyer la voiture, il faudrait démonter les portières.

À l'arrière, des vêtements ayant subi le même traitement étaient empilés.

Préparée à ce qui l'attendait, Amy étala une vieille couverture sur le siège du passager, puis monta et posa Max sur ses genoux.

— Inutile de me le dire, déclara-t-elle, une fois la porte fermée, votre amant s'est vengé en plongeant votre voiture et vos vêtements dans un lac, c'est ça, hein ?

— C'est à peu près ça, marmonna Jason, se promettant de dire un mot à sa secrétaire.

En disant à Parker « très sale », il voulait à la rigueur parler de cannettes de soda et de sacs vides de chips.

— Bizarre que le moteur ne soit pas encrassé, ajouta-t-elle, comme la voiture démarrait sans difficulté.

— Pourrions-nous parler d'autre chose que de ma vie privée ? fit Jason, excédé de l'entendre évoquer son amant.

Amy resta un moment silencieuse, et il regretta son éclat.

— J'espère qu'ils ont un siège de voiture pour les bébés, dit-il en lui jetant un regard auquel elle répondit par un sourire.

— Vous avez du liquide ? Je n'ai...

— Beaucoup. Alors, dites-moi, en dehors du ménage, quel genre de travail cherchez-vous ?

Amy tenait Max fermement sur ses genoux. S'ils étaient repérés par la police, ils seraient arrêtés. Et Jason ne voulait pas penser à ce qui arriverait au bébé s'ils avaient un accident. Dans un élan de tendresse, il serra la petite main de Max et fut récompensé par un sourire.

Amy ne parut pas le remarquer, tant elle était occupée à énumérer tous les jobs qu'elle avait perdus pour une raison ou pour une autre.

— Deux fois, j'ai dû donner ma démission, parce que le patron... Enfin...

— Vous poursuivait autour du bureau ?

— Exactement. C'est tellement difficile de trouver du travail par ici. J'ai pensé pouvoir me lancer dans l'aromathérapie. Qu'en pensez-vous ?

Comme ils arrivaient en vue du magasin, Jason fut dispensé de répondre. Sous l'enseigne, *Au paradis du bébé*, attendaient une quinzaine de femmes avec poussettes, guettant l'ouverture du magasin.

— Ah non ! s'exclama Amy. Je n'ai prévenu que sept amies. Elles ont dû appeler leurs copines. Oh, non ! Voilà d'autres voitures !

— Vous avez appelé tous ces gens ? demanda Jason.

— J'avais peur qu'elles ne voient pas l'annonce et ratent la vente. En fait, c'est drôle qu'il n'y ait pas plus de monde. Et toutes celles qui ont vu le journal du matin ? Peut-être savent-elles que ce n'est qu'une astuce publicitaire. Peut-être le propriétaire est-il coutumier du fait et il n'y a pas de marchandise. Peut-être...

Avant qu'elle n'invente une nouvelle histoire, Jason sortit de la voiture et lui ouvrit la portière.

— Venez, passons par-derrière, peut-être pourrons-nous entrer quelques minutes plus tôt.

— Vous trouvez ça juste ?

— Probablement pas, dit Jason, levant les yeux au ciel, mais c'est pour Max, non ? En plus, ajouta-t-il en prenant le bébé, il fait trop froid pour attendre dehors et le magasin n'ouvre pas avant une demi-heure.

— Vous au moins, dit-elle, radieuse, vous êtes décidé.

Jason se détourna pour masquer un sourire de satisfaction. Quand il frappa à la porte de derrière et qu'elle s'ouvrit, il fut stupéfait de reconnaître un des directeurs de son bureau de New York en blouse grise, un balai à la main.

— Voulez voir la came tout de suite ? demanda l'homme avec un accent impensable pour un diplômé de Harvard Business School.

Irrité, Jason acquiesça. Il n'aimait pas que ses employés prennent des initiatives qu'il n'avait pas d'abord approuvées. Même lorsque Amy lui serra brièvement le bras, il n'en fut pas apaisé.

Quand ils sortirent de la réserve et entrèrent dans le magasin, Jason fut encore plus mécontent, car deux de ses vice-présidents, en blouses de travail, déplaçaient des meubles d'enfant.

— Vous êtes notre premier client, vous avez donc le choix, annonça une voix féminine.

Ils se retournèrent pour découvrir une superbe créature. La secrétaire de Jason, mais au lieu de son habituel tailleur Chanel, elle portait des vêtements bon marché, et ses longs cheveux roux étaient remontés au sommet de son crâne en un chignon où étaient piqués trois crayons jaunes. Malgré son déguisement, elle ne pouvait cacher son physique de mannequin.

— Que souhaiteriez-vous, demanda-t-elle, sans paraître remarquer la stupéfaction de Jason et d'Amy. Du bleu ? Du rose ? Du vert ? Du jaune ? Ou aimeriez-vous voir notre création ?

Amy suivit Parker, elle était en transe.

— Tout ce que nous avons là est neuf, mais ce sont des fins de série. J'espère que cela vous est égal.

— Tout à fait, dit Amy d'une voix haut perchée. Cela nous est égal, n'est-ce pas, monsieur Wilding ?

Elle n'attendit pas la réponse de Jason, car elle se trouvait devant une chambre, dont l'installation avait certainement pris toute la nuit. Jason lui-même dut admettre que sa secrétaire s'était surpassée et qu'on ne pouvait trouver mieux sur le marché. Elle avait dû acheter la marchandise à New York et la transporter à Abernathy dans son jet.

C'était une chambre de petit garçon, avec un papier peint à rayures bleues et blanches, décoré d'une frise représentant des bateaux voguant sur une mer déchaînée. Le lit à barreaux dont les flancs s'abaissaient était occupé par les personnages de *Winnie l'Ourson*. Les draps étaient brodés d'animaux et de plantes minuscules. Max adorerait, se dit Jason. Pour le prouver, il y déposa le bébé qui se mit aussitôt debout, saisit le mobile placé au-dessus du lit et se colla un cheval dans la bouche.

Le reste de la salle était rempli de meubles de qualité équivalente. On y remarquait, entre autres, un fauteuil à bascule, une table à langer, un siège de voiture, une chaise haute, un coffre à jouets, probablement décoré par des Indiens d'Amérique, et des cartons blancs empilés dans un coin.

— Du linge et quelques articles indispensables, annonça Parker qui avait suivi le regard de Jason. Il y a aussi des vêtements, mais je n'étais pas sûre de la taille...

— Je n'ai pas assez d'argent, dit Amy des larmes dans la voix.

— Deux cent cinquante dollars pour le tout, dit Parker.

Amy lui jeta un regard suspicieux.

— Ce ne sont pas des articles volés au moins ? demanda-t-elle. C'est un magasin de marchandises volées ?

— D'une certaine façon, oui, elles sont volées, s'empressa de dire Jason. Si ces articles sont toujours en possession du propriétaire du magasin, au moment de payer l'impôt, il sera taxé sur leur valeur. Mais s'il les vend à perte, il peut déduire son manque à gagner et être imposé sur le montant perçu, ce qui est dérisoire. Je me trompe ? demanda-t-il à Parker.

— C'est exactement ça, monsieur. Si vous n'aimez pas cette chambre, ajouta-t-elle à l'adresse d'Amy, nous en avons d'autres.

— Non, c'est parfait. Je...

— Nous la prenons, la coupa Jason. Faites-la livrer aujourd'hui.

Ce disant, il jeta un coup d'œil à ses deux directeurs qui observaient la scène, appuyés sur leurs balais, avec un petit sourire en coin. Demain, tout le personnel de ses bureaux serait au courant.

— Et prévoyez quelqu'un pour coller le papier peint.

Amy crut que la femme allait revenir sur les conditions financières.

— Mais certainement, monsieur, dit Parker avant de se tourner vers Max.

Allongé sur le dos, il donnait des coups de pied dans les flancs du lit, et le bruit se répercutait dans le magasin.

— Quel bel enfant, dit-elle en faisant mine de le prendre.

Le bébé laissa échapper un hurlement qui ébranla le lit. Amy se précipita, bras tendus, vers son fils.

— Désolée, marmonna-t-elle. Il n'aime pas beaucoup les étrangers.

À ces mots, Max bondit dans les bras de Jason.

Les deux directeurs ne manqueraient pas de lui attribuer la paternité du bébé, aussi évita-t-il de les regarder.

— Je vais payer pendant que vous faites le tour, dit Jason en suivant Parker jusqu'à un comptoir. Les crayons sont de trop, lâcha-t-il, quand Amy fut hors de portée de voix.

— Oui, monsieur, fit-elle en les retirant de ses cheveux.

— Et que font ces deux-là ici ?

— Pour monter le coup, vous deviez acheter le magasin, et je ne me sentais pas l'autorité pour négocier une telle somme.

— Que peut coûter un minuscule magasin comme celui-ci ?

— L'homme m'a chargée de vous dire qu'il s'appelle Harry Greene et que vous comprendriez.

Jason leva les yeux au ciel. Au lycée, il avait piqué la petite amie de Harry, la veille du bal de fin d'études.

— La somme ne dépasse pas les sept chiffres ?

— Juste en dessous, monsieur. Et que devons-nous

faire pour les gens qui attendent dehors ? La publicité n'est sortie que dans votre journal, mais je ne sais pas...

— Ce sont des copines d'Amy.

Tandis que Max essayait de prendre le téléphone posé sur le bureau, il se tourna vers Amy qui caressait le mobilier.

— Offrez-leur les mêmes conditions. Cédez tout à perte. Scindez les lots, de façon que chaque femme ait quelque chose.

Quand il se retourna, Parker le regardait bouche bée.

— Et que ces deux-là retournent à New York, immédiatement après avoir collé le papier peint.

— Oui, monsieur, répondit Parker, en le dévisageant comme si elle ne l'avait jamais vu.

Jason décrocha les mains de Max d'un rideau suspendu au-dessus d'un berceau.

— Et, Parker, ajoutez quelques jouets à la livraison. Non, n'ajoutez rien. J'achèterai les jouets moi-même.

— Oui, monsieur.

— Charles est arrivé ?

— Il est venu avec moi. Il est chez votre père, comme nous tous.

— Maintenant, allez ouvrir aux autres clientes, dit-il, retirant de nouveau les mains de Max du rideau, avant d'aller rejoindre Amy.

7

Jason éprouvait un sentiment qu'il avait oublié depuis longtemps: la jalousie.

— N'est-ce pas merveilleux? s'extasiait Amy. Vous avez déjà vu une chambre aussi belle? Jamais je n'aurais pensé aimer le fisc, mais comme c'est à cause de lui que Max a toutes ces belles choses, je vais peut-être m'y mettre. Vous ne trouvez pas cette chambre ravissante, monsieur Wilding?

— Si, si, fit Jason d'un ton maussade.

Il vaut mieux, se consolait-il, un cadeau anonyme qu'un don ostentatoire. C'est en tout cas ce qu'il avait entendu dire. Il aurait pourtant aimé qu'Amy le regarde avec ces mêmes yeux brillants.

Il prit une profonde inspiration.

— C'est joli, dit-il. La chambre est superbe. Pensez-vous que les vêtements iront?

— S'ils ne lui vont pas aujourd'hui, ils lui iront la semaine prochaine, dit-elle en riant. Voyez, je vous avais dit que Dieu pourvoirait à mes besoins.

Songeant au prix que lui avaient coûté ces meubles, Jason cherchait une réponse spirituelle, lorsqu'un coup violent fut frappé à la porte.

— Ils se sont trompés et viennent tout récupérer, dit Amy, en blêmissant.

— Je vous assure, dit-il en lui passant le bras autour des épaules, que tout ceci est à vous. C'est peut-être le Père Noël qui arrive avec de l'avance.

Comme elle ne paraissait pas convaincue, Jason

prit Max dans le lit où il essayait de manger les pattes d'une grenouille en peluche et se dirigea vers la porte d'entrée, derrière laquelle attendait un immense sapin.

— Coucou, lança David en pénétrant dans la maison. Joyeux Noël, vieux, tu veux bien rentrer les cartons ?

— David ! s'exclama Amy. Tu n'aurais pas dû.

Debout dans le froid, Max dans les bras, Jason marmonna d'une voix de fausset :

— Oh David, tu n'aurais pas dû. J'ai payé une fortune pour du mobilier et elle remercie le fisc. Mais David débarque avec un arbre à vingt dollars et elle pousse de grandes exclamations. Ah, les femmes !

Max rit, lui laboura la joue avec ses ongles, en guise de caresse, puis lui mordit l'autre joue en guise de baiser.

— Pourquoi ne fais-tu pas la même chose au divin docteur David ? dit Jason en entrant, un grand carton rouge sous le bras.

— Tu n'aurais pas dû, disait Amy en regardant David avec amour.

— Papa et moi ne voulons surtout pas d'arbre de Noël. Nous sommes deux vieux garçons et nous ne tenons pas à retrouver des aiguilles de sapin partout. Un patient m'ayant donné celui-ci, j'ai pensé aux décorations qui sont dans notre grenier et je me suis dit que toutes ces lumières enchanteraient Max. Tu ne crois pas ?

— Oh, oui, sûrement, mais je ne suis pas sûre...

David l'interrompit en s'approchant de Jason, bras tendus vers le bébé.

— Viens me faire un câlin, mon petit Max.

À la grande satisfaction de Jason, l'enfant poussa un hurlement.

— Il n'a pas l'air de t'aimer beaucoup. Allez, viens, mon garçon, nous allons t'essayer tes nouveaux habits.

— De nouveaux habits ? fit David en fronçant les sourcils.

— David, tu ne le croiras pas, mais ce matin, nous sommes allés dans un magasin dont le propriétaire bradait tout pour ne pas avoir à payer des impôts sur la marchandise, et monsieur Wilding leur a fait coller le papier peint et disposer les meubles et… et… Oh, il faut le voir pour le croire.

Avec un regard soupçonneux à l'adresse de Jason, David suivit Amy jusqu'à une éblouissante chambre d'enfant. Inutile d'être connaisseur pour remarquer la qualité de l'ensemble. Le linge, les meubles, les jolis dessins du papier, l'armoire peinte renfermant de superbes vêtements étaient ce qui se faisait de mieux sur le marché.

— Je vois, dit David. Et combien as-tu payé pour tout ça ?

— Deux cent cinquante dollars, taxes comprises, annonça fièrement Amy.

David souleva du lit un drap brodé main. Sauf erreur, il l'avait vu dans un catalogue à près de trois cents dollars.

— Formidable, dit David. En comparaison, mon arbre et mes vieilles décorations font pâle figure.

— Ne sois pas bête, dit Amy en lui prenant le bras. Ton cadeau vient du cœur, tandis que ceci vient du fisc.

David jeta un regard triomphant à son aîné et ramena Amy dans le salon.

— Et j'ai apporté le dîner, annonça gaiement David. Un patient reconnaissant m'a offert un dîner pour deux dans un restaurant, mais j'ai persuadé le chef de le transformer en repas à emporter pour trois. J'espère que c'est encore chaud. Les cartons sont sur le siège avant de ma voiture. Oh ! et j'espère que tu es d'accord, mais je vous ai inscrits, Max et toi, pour goûter de nouveaux aliments pour bébés.

Il sortit de ses poches des petits pots avec des étiquettes écrites à la main, sur lesquelles Jason reconnut l'écriture de sa secrétaire.

— Filet d'agneau aux cerises, sauce au poivre vert, lut Amy. Gâteau de saumon à l'oseille. C'est un peu compliqué pour un bébé, et je ne sais pas si le poivre est bon pour lui.

— L'entreprise voudrait toucher la clientèle haut de gamme. Elle en est au stade de la conception, mais si tu ne veux pas jouer les cobayes, je peux demander à Martha Jenkins.

— Non, dit Amy en prenant les pots que lui tendait David. Je suis sûre que Max aimera, ajouta-t-elle sans conviction. Qui est le fabricant ?

— Charles et Cie, répondit David avec un clin d'œil à Jason.

— Allez, vieux, ne reste pas planté là, rentrons les boîtes et mangeons, ensuite nous décorerons l'arbre.

Jason donna le bébé à Amy et suivit son frère dehors.

— Qu'est-ce qui ne va pas ? demanda David, dès qu'ils furent sortis.

— Rien, répondit sèchement Jason.

— Tu ne te plais pas ici ? Tu n'aimes pas le bruit, tu hais cette maison croulante, et Amy est ennuyeuse comparée aux femmes auxquelles tu es habitué. La dernière en date n'était pas une femme docteur en zoologie, qui s'occupait de la protection des tigres ou quelque chose dans le genre ?

— La protection des baleines, et elle sentait l'algue. Et rassure-toi, je vais très bien. Charles a donc préparé le dîner et le repas du bébé ?

— C'est ce qui te gêne ? Que je me sois attribué le mérite de ce que tu as payé ?... Écoute, si tu veux, on peut lui dire tout de suite la vérité. Que tu es multimillionnaire, ou même milliardaire, et que, avec ce que tu as en poche, tu peux acheter des chambres pleines de meubles pour bébés. C'est ça que tu veux ?

— Non, dit Jason, tandis que David le chargeait de boîtes de guirlandes.

Des boîtes qu'il avait vues durant toute son enfance et dont il connaissait chaque élément.

Soudain, David s'arrêta et fixa son frère.

— Tu ne vas pas tomber amoureux d'elle? Nous n'allons pas nous disputer la même femme?

— Ne sois pas ridicule. Amy n'est pas du tout mon type. Je ne sais pas comment elle envisage l'avenir ni comment elle compte subvenir aux besoins de cet enfant. Elle n'a pas de travail et aucun espoir d'en avoir. Elle ne sait rien faire, sinon le ménage, et c'est la personne la plus orgueilleuse que j'ai jamais rencontrée. Si tu lui disais qui je suis, elle me jetterait dehors avec tous les meubles. Elle a passé l'après-midi à nettoyer cette voiture que m'a donnée Parker, afin de me rembourser les deux cent cinquante dollars. Si tu savais…

— Si je savais quoi? demanda David, comme ils approchaient de la maison.

— Pour donner un pourboire à la dame-pipi, les femmes avec qui je sors me demandent cinq cents dollars. La zoologiste ne me fréquentait que pour ses baleines – elle voulait m'extorquer un don.

— Alors qu'est-ce qui ne va pas? Pourquoi as-tu l'air de si mauvaise humeur.

— Parce que mon petit frère m'a piégé en me faisant venir dans ce trou pour acheter des affaires pour un bébé et transporter de vieilles décorations de Noël. Ouvre la porte, si tu veux bien. Non, de l'autre côté. Il faut tirer à l'intérieur et tourner la poignée. C'est ton téléphone qui sonne ou le mien?

— Le mien, dit David dès qu'ils furent dans la maison. Oui, fit-il dans le combiné. Oui, oui, entendu. Je serai là, aussitôt que possible. Je ne peux pas rester, annonça-t-il en raccrochant. Une urgence.

— Je suis désolée, dit Amy. Après tout le travail que tu as fait.

— Oui, c'est dommage, ajouta Jason en tenant la porte ouverte pour son frère. Mais quand le travail appelle, il faut y aller.

David se dirigea vers la porte, en fronçant les sourcils.

— On pourrait peut-être remettre l'arbre à demain.

J'aimerais voir l'expression du bébé quand il verra toutes ces lumières.

— On fera une vidéo, proposa Jason. Si tu ne veux pas que ton patient meure, tu ferais mieux d'y aller.

— Tu as raison, dit David après un dernier regard vers Amy. Je te verrai…

Il n'acheva pas sa phrase, car Jason lui ferma la porte au nez.

— Vous n'avez pas été très gentil avec lui, le gronda Amy.

— Horrible, dit Jason. Mais, maintenant, nous avons davantage à manger. En outre, je suis bien plus doué que lui pour décorer les arbres de Noël.

— Vraiment ? Vous aurez du mal à me battre. J'ai décoré des arbres qui ont fait pleurer le Père Noël.

— J'ai décoré un arbre qui était tellement beau que le Père Noël ne voulait plus quitter ma maison et que j'ai dû le pousser dehors dans la neige, et comme il ne voulait toujours pas partir, j'ai dû conduire son traîneau et livrer moi-même ses cadeaux.

— Vous avez gagné, dit Amy en riant. Regardons ce qu'il y a dans ces boîtes.

— Non. Mangeons d'abord. Je veux essayer ces nouveaux aliments pour bébés sur Max et voir ce qu'il en pense. Cette cheminée fonctionne ?

— Si vous mettez les bûches bien au fond, ça va à peu près. Sinon, ça fume beaucoup.

— Vous en savez quelque chose ?

— La première fois que j'ai essayé d'allumer un feu, j'ai fait du jambon fumé avec les côtelettes de porc que j'avais dans le congélateur.

Ce fut au tour de Jason de rire, Max l'imita en tambourinant sur ses jambes, ce qui faillit entraîner la chute de sa mère.

— Tu trouves ça drôle, hein ? fit Jason, prenant le garçon et le jetant en l'air.

Max fut si content qu'il couina jusqu'à en avoir le hoquet.

Quand Jason cessa pour serrer contre lui le bébé en nage, Amy le regardait comme aucune femme ne l'avait jamais fait.

— Vous êtes un homme gentil, monsieur Wilding. Très gentil.

— Vous pouvez m'appeler Jason.

— Non, dit-elle en se détournant. Je vais faire chauffer le dîner pendant que vous faites un feu.

Pour une raison qu'il ne s'expliquait pas, son refus de l'appeler par son prénom lui fit plaisir. Il posa Max par terre et s'activa autour de la cheminée. Cela prit du temps, car toutes les trois minutes, il devait arracher Max à quelque nouveau danger. Mais, tandis que le feu flambait enfin sans trop de fumée et que Max s'occupait de sa montre Breitling, Amy entra dans la pièce avec un énorme plateau rempli de nourriture. Il y avait aussi une bouteille de vin et deux verres.

Levant son verre, Jason en admira la couleur à travers le cristal.

— David sait vivre, fit-il remarquer.

— J'ai honte de manger sans lui, dit Amy. Après tout, c'est son talent médical qui nous a valu ce repas.

— On peut toujours le mettre dans le réfrigérateur, et il le mangera demain.

Amy considéra le magnifique repas. Des cœurs de laitue, de l'agneau rôti, des légumes, des pommes de terre...

— Je n'ai pas de film plastique, dit-elle.

— Cela règle la question. Il faut le manger.

— Je le pense aussi, fit-elle avec le plus grand sérieux.

Ils éclatèrent de rire et commencèrent à manger.

Assis sur les genoux de Jason, un énorme bavoir autour du cou, Max dévorait tout ce qui lui était présenté. Quoi qu'ait pu penser Amy sur ses goûts, il engloutit tout un pot d'agneau au poivre vert, et ne refusa pas la purée de pomme de terre à l'ail de Jason.

— Je croyais que les bébés n'aimaient que la nourriture fade, s'étonna Amy.

— Personne n'aime la nourriture fade.

Une demi-heure plus tard, Max s'endormait, un sourire angélique aux lèvres.

— C'est la nourriture ou la nouvelle chambre qui l'enchante, à votre avis ? demanda Amy en regardant avec amour son fils endormi dans son nouveau lit.

— Il est heureux parce qu'il a une mère qui l'aime.

Voyant Amy rougir, Jason sourit.

— Monsieur Wilding, si je n'étais pas avertie, je penserais que vous flirtez avec moi.

— On a vu plus étrange. Allons, ma fille, ajouta-t-il pour mettre un terme à sa confusion, il y a un arbre à décorer.

Jamais, de toute sa vie, Jason ne s'était autant amusé à décorer un arbre de Noël. Enfants, David et lui, se plaignaient d'avoir à le faire. Sans femme à la maison, il n'y avait ni odeur de gâteau s'échappant du four ni musique, simplement leur grincheux de père. Il achetait un sapin pour ne pas avoir à subir, tout le reste de l'année, les récriminations de sa sœur, quant à l'éducation de ses garçons.

Tandis que Jason installait les guirlandes lumineuses qu'Amy avait démêlées, il lui parla de son enfance. Il n'expliqua pas pourquoi il avait vécu avec David, alors qu'ils étaient censés n'être que cousins, et elle ne le demanda pas. À son tour, Amy raconta la sienne. Elle était l'enfant unique d'une mère célibataire, et lorsqu'elle avait demandé qui était son père, celle-ci lui avait répondu que cela ne la regardait pas.

Chacune de leurs histoires était plutôt triste, mais ils se les racontèrent en plaisantant, et se disputèrent pour savoir qui avait le parent le plus acariâtre. D'une propreté maniaque, la mère d'Amy détestait Noël à cause du désordre. Le père de Jason avait horreur de rompre ses habitudes.

Ils s'amusèrent à les imaginer mariés, le père de Jason jouant au poker toute la journée et répandant partout la cendre de son cigare, et la mère d'Amy un aspirateur en permanence à la main. Ils se demandèrent quel genre d'enfants ils auraient pu avoir ensemble et décidèrent qu'ils étaient, tous deux, le parfait exemple de ce que donnerait une telle association.

— C'est ravissant, dit enfin Amy, en s'écartant pour admirer l'arbre à moitié décoré.

— Dommage que je n'aie pas d'appareil photo. Cet arbre mériterait d'être immortalisé.

— Je n'en ai pas non plus, mais je peux…

Elle s'arrêta au milieu de sa phrase et lui sourit.

— Finissez avec les guirlandes, pendant que je prépare une surprise, reprit-elle. Non, ne vous retournez pas, regardez de ce côté.

Il l'entendit disparaître dans la chambre, puis revenir s'asseoir dans l'affreux fauteuil aux tournesols. Il mourait d'envie de savoir ce qu'elle faisait, mais se contint. Elle attendit qu'il ait accroché la dernière guirlande pour l'autoriser à se retourner.

Elle tenait une feuille à la main, et avait sur les genoux un crayon et un livre. Il prit la feuille et l'examina. C'était un charmant dessin, le représentant en train de se débattre devant l'arbre avec les guirlandes électriques. C'était à la fois original, drôle et fort.

— Mais c'est bien ! dit Jason, s'asseyant sur le canapé, le dessin à la main.

— Vous paraissez surpris, pouffa Amy.

— Je le suis. Vous disiez n'avoir aucun talent.

— Pas de talent commercialisable. Qui pourrait m'engager pour faire des dessins humoristiques ?

— Si vous en avez d'autres, apportez-les-moi.

— Oui, monsieur !

Voulant se donner un air enjoué, Amy se leva et salua, mais elle se rua dans sa chambre afin de satisfaire sa curiosité. Quelques secondes plus tard, elle lui tendait une grosse enveloppe fatiguée, attachée avec un cordon.

Jason sentait qu'elle retenait son souffle pendant qu'il regardait ses dessins. Il n'avait pas besoin de lui demander si elle les avait montrés à quelqu'un d'autre, car il savait que la réponse serait négative.

— Excellents, dit-il en les examinant l'un après l'autre.

Ils représentaient surtout Max dans tous ses états. Un des plus remarquables le montrait, émerveillé, essayant d'attraper un ballon.

— Ils me plaisent, dit-il en les remettant avec précaution dans l'enveloppe.

L'homme d'affaires qui était en lui avait envie de lui parler de publication et de droits d'auteur, mais il en resta aux félicitations.

— Je les aime beaucoup et je vous remercie de me les avoir montrés.

Amy lui répondit par un sourire radieux.

— Vous êtes le seul qui les ait jamais vus. En dehors de ma mère qui m'a dit que je perdais mon temps.

— Et que voulait-elle que vous fassiez ?

— Avocate.

Jason crut qu'elle plaisantait, mais elle semblait sérieuse.

— Je vous imagine défendant un criminel : « Je vous en prie, Votre Honneur, il promet de ne pas recommencer. Il donne sa parole. Il n'assassinera pas une vingt-troisième petite vieille dame. Je vous en priiiiieeeee. »

L'imitation était si réussie qu'elle lui jeta un coussin, mais il l'évita adroitement.

— Vous êtes horrible, dit-elle en riant. J'aurais fait une excellente avocate. Je suis intelligente, vous savez.

— Oui, très, mais vous avez tendance à aimer les paumés.

— Si je ne les aimais pas, vous n'auriez nulle part où passer Noël.

— C'est vrai. Et je vous en remercie.

Jason la regarda dans les yeux et éprouva une envie irrésistible de l'embrasser.

— Je ferais mieux d'aller me coucher, dit-elle en se levant. Max est un lève-tôt et demain, il y a du pain sur la planche.

Elle était presque à la porte de sa chambre quand elle se retourna et ajouta :

— Ne pensez pas que je vous fais une faveur en vous autorisant à rester. Grâce à vous, ce Noël est merveilleux. Nous apprécions, Max et moi, votre compagnie.

En signe de remerciement, Jason hocha la tête. Jamais on ne lui avait dit qu'il était apprécié pour lui-même.

— Bonsoir, dit-il seulement.

Il resta longtemps devant le feu mourant à se poser des questions.

8

Ce fut du bruit dans la cuisine qui réveilla Jason. Sautant du lit, il enfila son pantalon fripé et sortit de sa chambre. Max était assis dans sa chaise haute, le visage et les mains barbouillés de nourriture. Des chemises, des pantalons, des sous-vêtements mouillés étaient pendus un peu partout dans la pièce. Et au milieu de tout ce déballage, Amy opérait, penchée sur une planche à repasser, avec un fer digne du siècle dernier.

— Quelle heure est-il ? demanda Jason d'une voix endormie.

— Cinq heures environ. Pourquoi ?

— Depuis combien de temps êtes-vous levée ?

— Deux heures, répondit-elle en retournant la chemise qu'elle repassait. Le monstre confond à plaisir le jour et la nuit.

Bâillant, se frottant les yeux, Jason s'assit à côté de la chaise de Max et lui tendit une pêche séchée. Quand il était enfant, son père étendait leurs vêtements de la même façon, c'était il y a bien longtemps, mais jamais il n'avait oublié.

— Et le séchoir à linge ? demanda-t-il en montrant le linge mouillé.

— Il est cassé depuis un an et je n'ai pas eu de quoi le faire réparer. Mais la machine à laver marche très bien.

Jason se leva, s'étira et alla débrancher le fer.

— Il faut que je finisse, protesta-t-elle. Je dois…

— Allez vous coucher. Pas de protestation. Au lit.

— Mais Max… Et les vêtements, et…

— Allez, dit Jason d'une voix calme.

Il crut, un instant, qu'Amy allait pleurer de gratitude. Il lui montra la chambre d'un signe de la tête, et elle alla s'y enfermer avec reconnaissance.

— Maintenant, mon vieux, dit Jason, voyons si nous savons encore.

Il rebrancha le fer et le souleva.

À huit heures, le portable de Jason sonna. Il le coinça sur son épaule pour terminer une chemise.

— Je te réveille? demanda David.

— Bien sûr, dit Jason. Tu connais ma paresse. Non! Max, laisse ça tranquille! Que veux-tu, petit frère?

— Je veux être seul avec Amy. Je veux la sortir ce soir et demain. J'ai même des billets pour le bal des Sonneurs.

Jason savait que le bal des Sonneurs était la seule fête digne de ce nom dans tout l'ouest du Kentucky – et qu'il était presque impossible d'avoir des billets.

— Qui as-tu tué pour les obtenir?

— Je n'ai pas tué; j'ai sauvé. J'ai sauvé la vie du président d'un comité quelconque. En tout cas, il a eu des billets pour moi. Le 24 décembre. Je vais faire ma demande. Jason? Jason? Tu es là?

— Désolé, dit Jason en reprenant le téléphone. Max tirait sur le fil d'une lampe et s'apprêtait à le mordre. Que disais-tu?

— Je disais que demain je compte demander Amy en mariage. Jason? Tu es là? Que fait Max maintenant?

— Il ne fait rien. C'est un gosse formidable et il ne fait rien de mal.

— Je n'insinuais pas qu'il faisait quelque chose de mal. C'est simplement que les enfants de l'âge de Max ont tendance à tout tripoter. C'est tout à fait normal, ça fait partie du processus de la croissance, et ils…

— Inutile de prendre ce ton de médecin avec moi.

— Tu es de mauvaise humeur ce matin. Où est Amy ?

— Ça ne te regarde pas, mais elle dort et je m'occupe de Max. En même temps, je repasse, ajouta-t-il, sachant que David allait s'évanouir.

— Tu fais quoi ?

— Le repassage. Parker a déversé de la boue sur les vêtements qu'elle m'a envoyés, Amy les a lavés et je les repasse. Ça te dérange ?

— Pas du tout. Mais je ne me doutais pas que tu savais repasser, c'est tout.

— Et qui repassait tes habits quand tu étais gosse, à ton avis ? Papa ? Il devait gagner de l'argent pour acheter de quoi manger, je devais donc… mais ça ne fait rien. Que voulais-tu me dire ? Attends, il faut que je rattrape Max.

— Jason, mon cher frère, dit David, quelques minutes plus tard. Il vaudrait mieux que je parle à Amy en personne. Je veux sortir avec elle ce soir et demain soir, et je préfère le lui demander moi-même.

— Elle est occupée.

— Il y a quelque chose entre Amy et toi ? Vous ne…

— Non, nous ne… pas ! le coupa Jason. Il manquerait plus que je me mette sur les bras une toquée de sa sorte. Celui qui tombera sur elle aura du boulot. Je m'étonne qu'elle sache mettre ses chaussures. Elle est incapable de se nourrir et encore moins de nourrir son enfant et…

— D'accord, d'accord, je vois. Alors, qu'en penses-tu ?

— Ce que je pense de quoi ?

David poussa un grand soupir.

— Si je sortais Amy ce soir et demain ? Tu garderais le gosse ?

— Je garderais Max la vie entière, rétorqua Jason avec humeur. Bien sûr, tu peux sortir Amy. Elle sera certainement ravie.

— Je ferais mieux de lui demander moi-même.

— Je ne la réveillerai sûrement pas pour parler au téléphone. À quelle heure doit-elle être prête ?

— Sept heures.

— D'accord. Maintenant, passe-moi Parker.

— Elle est, euh, elle n'est pas levée.

Jason fut tellement choqué par cette révélation qu'il laissa le fer sur le dos d'une chemise jusqu'à ce qu'elle commence à roussir.

— Réveille-la ! ordonna-t-il en soulevant le fer.

Il fut surpris d'entendre presque aussitôt la voix de sa secrétaire. Après avoir repris ses esprits, il lui demanda de trouver deux billets de plus pour le bal des Sonneurs.

— Il paraît que c'est pratiquement impossible, dit-elle.

Jason reçut comme un nouveau choc. Qu'arrivait-il à sa secrétaire pour qui rien n'était jamais impossible ?

— Trouvez-les, dit-il seulement.

Mais que se passait-il donc ? Pour commencer, deux de ses directeurs se trouvaient mêlés sans son autorisation à ses affaires personnelles, et voilà que Parker trouvait difficile d'accomplir les tâches qu'il lui confiait. Pourquoi payer un salaire exorbitant à une secrétaire, si elle était incapable de réaliser l'impossible ?

— J'ai besoin d'un smoking, poursuivit-il, et Amy aura besoin d'une tenue pour le bal. Quelle est cette boutique sur la 5e Avenue ?

— Dior.

— Allons pour Dior. Commandez par téléphone leur plus belle robe.

— Et qui dois-je retenir pour vous accompagner ?

— M'accompagner ? Ah oui.

Il n'y avait pas songé, pas plus qu'il ne s'était demandé pourquoi il allait au bal, alors qu'il était censé rester à la maison avec le bébé. Et si Amy et lui sortaient, qui s'occuperait de Max ?

— Vous avez l'embarras du choix, dit Parker.

Passant en revue les femmes de sa connaissance, Jason pensa qu'elles seraient méchantes avec Amy – et curieuses.

— Trouvez-vous une robe, Parker. C'est vous qui m'accompagnerez.

Ce fut au tour de la secrétaire d'être choquée.

— Oui, monsieur, dit-elle après un temps d'hésitation qui fit presque sourire Jason.

— J'oubliais, envoyez un coiffeur et une maquilleuse pour Amy. Inventez une histoire, qu'elle ne sache pas que c'est un cadeau de moi.

— Oui, monsieur. Autre chose ?

Il regarda Max qui mordillait avec délectation la queue d'un canard.

— Tout se passe bien chez mon père ? demanda-t-il.

— Excusez-moi ? fit Parker.

— Je vous demande si Charles et vous êtes confortablement installés.

— Oh oui. Pardonnez mon étonnement, monsieur, mais vous ne m'avez pas habituée aux questions personnelles. Oui, tout se passe bien. Maintenant.

— Que voulez-vous dire ? Maintenant ?

— Charles a dû faire quelques aménagements, mais à présent il est apaisé. Il ne devrait pas tarder à arriver chez vous. Et votre père vous rappelle que Mme Thompkins, le bébé et vous êtes attendus pour le dîner de Noël. Trois heures de l'après-midi vous conviendrait ?

— Quel genre d'aménagements ? demanda-t-il, ignorant le reste de sa phrase.

— La cuisine avait besoin d'être... agrandie.

— Parker !

— Charles a fait démolir l'arrière de la maison de votre père et ajouter l'équivalent d'une cuisine de petit restaurant. Il a dû payer les hommes trois fois le prix pour qu'ils travaillent vingt-quatre heures sur vingt-quatre afin que ce soit terminé au plus vite. Il a ensuite acheté de quoi équiper la cuisine, et depuis, votre père donne, chaque soir, des dîners somptueux et...

— Je ne veux pas en entendre davantage. Nous arriverons à trois heures, le jour de Noël et n'oubliez pas les vêtements.

— Comptez sur moi, monsieur, fit Parker, comme il raccrochait.

Dix minutes plus tard, Amy entrait dans la cuisine radieuse, jusqu'au moment où elle s'aperçut que le repassage avait été fait.

— Comment vais-je finir de vous rembourser les meubles ? gémit-elle en s'asseyant sur une chaise de cuisine bancale.

Max était dans sa chaise haute, le visage barbouillé d'une demi-douzaine de substances différentes.

— Je vous promets de tout salir aujourd'hui, pour que vous en ayez plus à faire demain, dit Jason. Maintenant, voulez-vous surveiller Max, pendant que je prends une douche ? Je porte la même chemise depuis plusieurs jours et j'aimerais m'en débarrasser.

— Oui, bien sûr, murmura-t-elle en prenant son fils dans ses bras.

Jason s'arrêta un instant dans l'embrasure de la porte. Il ne pouvait rien arriver dans le quart d'heure, se rassura-t-il, avant de jeter un dernier regard vers Amy et le bébé.

9

— Monsieur Wilding! s'exclama Amy, en le voyant entrer, une demi-heure plus tard, dans la cuisine. Venez que je vous présente Charles.

Dès que Jason aperçut son chef, il comprit que les ennuis commençaient. Avec son mètre soixante et son physique d'acteur de cinéma, les femmes trouvaient Charles irrésistible, et Jason était persuadé que plus d'une de ses invitées avait succombé à ses avances. Mais ne posant jamais de questions, il ignorait les détails de sa vie privée. En tout état de cause, Charles accompagnait son patron dans le moindre de ses déplacements et préparait les repas les plus exquis. En retour, Jason passait sur certaines de ses faiblesses.

Mais, à la vue de Charles et d'Amy assis main dans la main, il brûla d'envie de renvoyer son chef sur l'heure.

— Voici l'auteur de la merveilleuse nourriture que Max aime tant. David a raconté des blagues. Ce n'est pas une société qui lance une gamme d'aliments pour bébés; c'est Charles qui voudrait se lancer dans les affaires. Et il vit ici à Abernathy. N'est-ce pas stupé-fiant?

— En effet, fit Jason en retirant un fil électrique de la bouche de Max.

— Et je l'encourage à monter sa propre entreprise. Vous ne trouvez pas qu'il devrait le faire?

Manifestement amusé, Charles leva vers son employeur un regard pétillant.

— Il a, m'a-t-on dit, une cuisine susceptible de recevoir toute une brigade, dit Jason en foudroyant son chef.

Seul un type de la trempe de Charles pouvait se tirer du mauvais pas dans lequel il s'était mis.

Dans sa cuisine, il commandait, n'admettant pas de discussion, mais il s'adressait à Amy en roucoulant :

— Oh oui, j'ai la plus divine des cuisines. Des casseroles en cuivre venant de France, une cuisinière de la taille de mon premier appartement. Il faut que vous veniez la voir.

— Je serais ravie, dit Amy. Vous pourriez peut-être me donner quelques cours de cuisine.

— Je vous donnerai tout ce que vous voulez, dit Charles en lui prenant la main pour en baiser la paume.

Mais, à la seconde où les lèvres de Charles allaient toucher la peau d'Amy, Jason renversa accidentellement la chaise de Max, la jeune femme fit un bond en arrière, et le bébé, effrayé par le bruit, se mit à hurler.

Sa mère le ramassa, et une fois l'enfant calmé, elle s'adressa à Jason :

— Alors, vous trouvez que c'est une bonne idée, que Charles monte son affaire ? Je lui ai dit que vous seriez de bon conseil.

Comme Jason ne répondait rien, elle se tourna vers Charles.

— Oui, dit-elle, je crois que c'est une bonne idée. En un jour, grâce à vos recettes, Max a mangé davantage que dans toute sa courte vie. Si vous voulez poursuivre les essais, je peux vous adresser à d'autres femmes qui vous serviraient de cobayes. Et nous écrirons toutes des lettres de recommandation.

Cette idée fit sourire Jason. Charles préparant des aliments pour bébés ! Il était tellement snob qu'il se plaignait même de la tenue de ceux qui dégustaient ses plats. « Cette femme a émietté des crackers dans mon potage », avait-il dit un jour, refusant dorénavant de perdre son temps à faire la cuisine pour elle. Jason découvrit plus tard qu'il avait raison : la femme en question était une aventurière d'une incroyable avidité.

Mais il était clair que l'idée d'Amy séduisait Charles. Allait-il perdre son chef ?

— Vous n'imaginez pas comme il est difficile de faire la cuisine pour un bébé, se plaignait Amy.

— Je n'en doute pas. Jusqu'à cette semaine, je n'avais jamais goûté de petits pots pour bébés. C'est horrible. Pas étonnant que les petits Américains détestent la bonne cuisine et préfèrent se nourrir de hamburgers et de hot dogs.

— Exactement. C'est pourquoi...

— Nous devrions déjà être partis, la coupa Jason. Si vous voulez bien nous laisser, ajouta-t-il à l'adresse de Charles.

— Mais nous ne faisons que commencer. J'aimerais approfondir cette idée d'aliments pour bébés. Peut-être pourrais-je...

— Non, vous ne pourriez pas, fit Jason en tirant la chaise de Charles pour l'obliger à se lever.

S'il perdait son chef à cause de David, il allait...

— Pour vos beaux yeux, jolie dame, disait Charles, je ferai livrer gratuitement les dîners des deux prochaines semaines. Et peut-être même les déjeuners.

— Mais il n'y a aucune raison, fit Amy en rougissant.

Charles voulut à nouveau lui baiser la main, mais Jason s'interposa, et le petit chef quitta rapidement la maison.

— Au lieu de venir ici, j'aurais pu descendre dans l'hôtel le plus cher du monde et faire des économies, marmonna Jason en s'appuyant contre la porte.

— Vous avez été grossier avec lui, s'indigna Amy. Pourquoi ?

Ne sachant comment expliquer son attitude, Jason prit Max et se dirigea vers le salon.

— Nous devrions peut-être aller faire des courses,

lança-t-il par-dessus son épaule. À moins que vous n'ayez déjà fait tous vos achats de Noël.

— Oh non, je ne les ai pas faits. Je, euh… oui, je suis prête dans une minute, dit-elle avant de disparaître dans sa chambre.

— Leçon numéro un, vieux, dit Jason en soulevant Max au-dessus de sa tête, si tu veux distraire une femme, parle-lui de shopping. L'ennui, c'est que tu devras passer la journée à faire les magasins, mais ça vaut mieux que d'avoir à faire face à des questions auxquelles tu ne veux pas répondre.

10

— Charles était votre amant ? demanda Amy, dès qu'ils furent dans la voiture de Jason.

— Mon quoi ? fit Jason en s'engageant sur la route.

— Pourquoi cette réaction quand je vous interroge sur votre vie personnelle ? Vous savez tout de ma vie, et je ne sais rien de la vôtre. Qui est Charles pour vous ? Vous le connaissez bien, c'est évident.

— Pas aussi bien que vous croyez, dit Jason en regardant dans le rétroviseur Max mâchouiller ses doigts. Où avez-vous trouvé le manteau que porte Max ?

— Mildred. À propos de Charles, vous me conseillez de ne pas accepter son offre ?

— Charles est un grand chef, alors, n'hésitez pas.

— Vous refusez donc de parler de votre vie personnelle, constata-t-elle.

Jason ne répondit pas. Les yeux fixés sur la route, il imaginait différents moyens d'assassiner son petit frère.

— Vous avez déjà songé à aller voir un psychothérapeute ? demanda Amy. Il n'y a pas de honte à être homosexuel, vous savez.

— Où pouvons-nous nous garer à votre avis ? demanda Jason en entrant dans le parking du centre commercial, bondé en cette avant-veille de Noël. Il semble que nous allons devoir marcher, ajouta-t-il gaiement, comme il se garait à près d'un kilomètre du magasin.

Amy ne bougea pas, et quand il ouvrit la portière arrière pour sortir Max, elle ne fit pas un mouvement.

— Vous ne venez pas avec nous ? demanda Jason, ravi de la sentir dépitée par son refus de parler de sa vie privée.

— Si, si, dit-elle en sortant de la voiture.

Elle le regarda détacher Max et l'installer dans sa nouvelle poussette.

— Je peux peut-être changer, dit-il une fois que Max fut sanglé dans la poussette. Trouver une femme qui me fasse changer.

Sur ces mots, il poussa Max vers les magasins.

— C'est ça, fit Amy en les rattrapant. Et demain, je vire de bord.

— Et pourquoi pas. On a vu des choses plus bizarres. Par où commençons-nous ?

— Je n'en ai aucune idée, dit-elle en regardant la foule qui se pressait dans les boutiques, les bras chargés de sacs. Je ne fais pas souvent les courses.

— Max a besoin d'un nouveau manteau. Où est la meilleure boutique ?

— Je ne sais pas, dit-elle en se détournant.

Il la regarda, n'en croyant manifestement pas un mot.

— Il y a un Baby Gap…

— Où souhaiteriez-vous acheter les habits de Max ? Toute question d'argent mise à part.

Elle hésita un moment, puis poussa un soupir.

— Dans cette allée, dit-elle en lui montrant du doigt la direction à prendre. Mais c'est inutile d'y aller. C'est trop cher.

— L'argent, c'est mon affaire.

— C'est comme ça que vous agissiez avec votre amant ? C'est la raison pour laquelle il vous a flanqué dehors ?

— Mon dernier amant a menacé de se suicider si je partais. Vous voulez ouvrir la voie ou suivre ?

— Pourquoi ?

— Parce que je ne crois pas qu'on puisse avancer de front dans cette foule, lui cria-t-il, pour dominer le brouhaha.

— Non, je voulais dire pourquoi a-t-il menacé de se suicider?

— Il ne pouvait pas supporter l'idée de vivre sans moi, répondit Jason.

Et il ne pouvait pas se passer de mon argent, ajouta-t-il dans son for intérieur.

— On ne pourrait pas parler de ça plus tard? reprit-il. Max va avoir faim et, cet après-midi, j'aimerais regarder un match de foot.

Amy poussa un nouveau soupir et se dirigea vers le magasin pour bébés.

En la regardant avancer devant lui, Jason se sentit mieux qu'il ne s'était senti depuis des semaines, peut-être des années. Il n'en comprenait pas la raison, mais c'était un fait.

Étant donné la foule, il leur fallut plusieurs minutes pour atteindre la petite boutique. Dès que Jason vit l'endroit, il dut admettre que Amy avait du goût.

Les rayonnages étaient remplis de vêtements ravissants. Chaque tenue comportait chemise, pantalon, chapeau, chaussures et veste. Lorsque Jason pénétra dans le magasin, Amy regardait déjà, émerveillée, les coûteux petits ensembles. Elle tendit la main pour toucher une veste bleue, mais la retira aussitôt, comme si ce plaisir lui était interdit.

— Alors qu'aimez-vous? lui demanda-t-il.

— Tout. Et maintenant que nous avons vu, partons.

— J'aime celui-ci, dit-il, brandissant un ensemble jaune et noir avec un imperméable assorti.

Les petites bottes jaunes étaient décorées de deux yeux, que Max essaierait certainement de mettre dans sa bouche.

— Quelle est sa taille?

— Neuf-douze mois. Partons…

— Que se passe-t-il ? demanda Jason, en voyant Amy blêmir.

— Filons. Tout de suite, souffla-t-elle en se cachant derrière lui.

Jason trouvait plutôt agréable le contact de ses mains sur sa taille, mais levant les yeux, il vit une femme avec un bébé de l'âge de Max qui entrait dans le magasin.

— C'est Julie Wilson, siffla Amy. Son mari possède le magasin John Deere et a également des chevaux.

Jason ne voyait pas en quoi cette information était importante.

— Nous avons suivi les mêmes cours de préparation à l'accouchement, ajouta-t-elle, le tirant hors du magasin, cachée derrière son dos.

— Vous n'oubliez pas quelque chose ? chuchota Jason, montrant Max qui avait réussi à faire tomber huit boîtes de chaussures d'une étagère et était occupé à en manger les lacets.

— Je suis une mère indigne, haleta Amy, avant de retourner à croupetons vers son fils.

— Bonjour, madame Wilson, disait la vendeuse d'un ton servile. J'ai votre commande dans le fond du magasin. Si vous voulez me suivre, nous verrons si cela va au petit Thomas.

Jason reconnut ce ton pour ne l'avoir que trop entendu. Il signifiait que la vendeuse connaissait le potentiel d'achats de sa cliente. Cette petite snobinarde n'ayant même pas proposé à Jason et à Amy de les aider, il la soupçonnait de savoir que la mère de Max ne pouvait pas s'offrir les articles de la boutique. Abernathy était tout petit et, bien que ce centre commercial se trouvât à quelques kilomètres en dehors de la ville, il devinait que l'indigence d'Amy y était connue.

— Partons ! supplia Amy, dès que la femme eut disparu dans le fond du magasin.

— Je n'ai aucune intention de partir, fit Jason, irrité.

— Vous ne comprenez pas, dit Amy presque en

larmes. Julie a épousé l'homme le plus riche de la ville, tandis que moi, j'ai épousé…

— Le garçon le plus sympathique de l'école, ajouta Jason, ce qui provoqua chez elle des larmes de gratitude.

— Elle a épousé Tommy Wilson ?

— Oui. Je vous l'ai dit, son père…

— À la maison, je vous raconterai tout sur Tommy Wilson et son père ; après, vous ne vous cacherez plus des femmes qui ont eu le malheur d'épouser l'un ou l'autre. Maintenant, aidez-moi, ajouta-t-il, sortant des étagères les tenues les unes après les autres et les jetant sur son bras.

— Mais que diable faites-vous ? suffoqua Amy. Vous ne pouvez pas…

— Je peux tout acheter et rendre ensuite ce qu'on ne voudra pas, non ?

— Sans doute.

Ayant réfléchi à ce qu'il venait de dire, elle prit un petit ensemble avec un ours bleu sur le devant.

— J'adore celui-ci, déclara-t-elle.

— Ne choisissez pas, prenez tout.

Amy émit un gloussement, sortit plusieurs vêtements des casiers et les flanqua sur le comptoir. Une salopette jaune avec une girafe rouge brodée sur la bavette, une chemise de la même couleur, une veste et d'adorables sandales rouge et jaune. Pour la première fois dans sa vie, Amy ne regardait pas les étiquettes.

Quand la vendeuse revint, Julie Wilson sur ses talons, elle s'arrêta brusquement quand elle vit les vêtements entassés sur le comptoir.

— Monsieur ! fit-elle d'un ton sévère, pour signifier à Jason qu'elle n'appréciait pas le désordre qu'ils avaient mis.

Mais Jason brandit une carte American Express platine, et la femme changea d'expression.

— Vous avez vu sa tête ? dit Amy.

Assis sur un banc près de la fontaine du centre commercial, et encadrant Max dans sa poussette, ils étaient entourés de sacs.

— Quand je rapporterai tout ça, il me faudra subir le sermon de cette chipie, mais rien que pour la tête de Julie, ça valait le coup. Et vous avez été merveilleux.

Amy balançait les jambes d'avant en arrière comme une petite fille tout en léchant sa glace, et elle souriait à la vue de Jason partageant la sienne avec Max.

— Elle était vraiment méchante avec vous pendant ces cours ?

— Pire que vous imaginez. Elle me racontait toutes les horreurs que Billy avait faites à l'école. Elle n'y était pas, mais son mari y était. Ce qui veut dire qu'il est aussi vieux que vous.

— Je ne suis pas encore au seuil de la mort.

— Oh, vous avez été formidable. Mais vous n'auriez pas dû lui dire que nous étions ensemble. Rappelez-vous ce qu'est Abernathy. Dans deux heures, toute la ville croira que je vis avec un grand mec viril et personne ne se doutera de la vérité.

— Et quelle est la vérité ?

— Que vous avez une liaison avec Charles, bien sûr.

— Je n'ai pas dit...

— Et vous ne l'avez pas nié non plus. Hé ! Que faites-vous ?

— Je mets une nouvelle chemise à Max. Je ne supporte plus ces affaires usées.

— Mais nous devons les rapporter et... Vous n'avez pas l'intention de rapporter ces habits ?

— En aucun cas.

— Je ne vous comprends pas. Pourquoi avez-vous accepté de rester avec Max et moi dans ma baraque pourrie ?

— Pour permettre à David de vous voir.

— Je savais que vous ne me diriez pas la vérité. Viens, Max, je vais te changer.

Empoignant la poussette, elle se dirigea vers les toilettes pour dames.

Une fois seul, Jason regarda autour de lui. Jamais, deux semaines plus tôt, il n'aurait pensé se trouver ici pour Noël. En général, il passait les fêtes dans quelque station de ski luxueuse et offrait à la femme qui l'accompagnait une paire de boucles d'oreilles en diamants. En retour, elle lui donnait son corps... Était-ce l'effet de l'âge, mais il aurait parfois souhaité que les femmes en question se fendent d'une cravate ou d'une paire de chaussettes.

— Tu vieillis, Wilding, marmonna-t-il avant de se lever pour céder sa place à une femme enceinte.

Ramassant les sacs, il déambula le long des boutiques, et repéra dans une vitrine la tenue qu'il fallait à Amy pour sortir avec David : un twin-set lavande avec une jupe plissée violet foncé imprimée de tulipes minuscules. Il entra.

Aussitôt assailli par trois charmantes vendeuses, il leur décréta n'avoir que cinq minutes et vouloir la tenue de la vitrine avec bas, chaussures et bijoux assortis.

— Et les sous-vêtements aussi ? demanda la plus grande, une superbe rousse.

Jason acquiesça sèchement.

— Elle a à peu près la taille de cette femme, dit-il en montrant une vendeuse.

Quelques minutes plus tard, il avait réglé ses achats et les vêtements étaient dans le sac.

— Désolée d'avoir mis si longtemps, dit Amy dès qu'elle aperçut Jason. Mais qu'avez-vous encore acheté ?

— De quoi vous habiller, ce soir, dit Jason avec un grand sourire.

— Vous... Oh, j'oubliais, c'est votre truc à vous, homosexuels. Je veux dire, vous aimez choisir des vêtements de femmes, non ?

Jason se pencha jusqu'à toucher son nez avec le sien.

— Vous connaissez le mot « merci » ? Ou mon désir

de l'entendre est-il une preuve supplémentaire de mes penchants sexuels ?

— Désolée. C'est que je…

Ayant reconnu quelqu'un derrière Jason, elle s'arrêta au milieu de sa phrase, l'écarta de la main et ouvrit les bras.

— Sally ! s'écria-t-elle.

Une petite femme, jeune et séduisante, se précipita vers Amy.

Jason regarda les deux femmes s'étreindre. Les questions fusèrent sans qu'aucune des deux n'ait le temps de répondre.

— Depuis combien de temps…

— Quand as-tu…

— Pourquoi n'as-tu pas…

— Voici Max, dit enfin Amy en reculant pour permettre à son amie de voir son fils.

Mais la jeune femme ne fit que jeter un bref regard au bébé dans la poussette, car son attention était tout entière attirée par l'homme magnifique qui se tenait en retrait.

— Qui est-ce ? souffla-t-elle.

Enchanté d'être considéré comme un bel homme, Jason baisa la main de la jeune femme et la regarda avec des yeux charmeurs. Elle parut fondre sous ce regard, ce qui le ravit.

— C'est M. Wilding et il est homosexuel, dit Amy d'une voix glacée.

— Mais je songe à changer de mœurs, roucoula Jason.

— Vous pouvez vous exercer avec moi, dit la dénommée Sally, en regardant Jason avec des yeux de braise.

— M. Wilding est la nounou de Max, dit sèchement Amy. Les homosexuels sont parfaits pour ce genre de chose.

— Je songeais justement à avoir un bébé, dit Sally sans quitter Jason des yeux, et je vais avoir besoin d'une nounou.

— Et pourquoi pas une garde pour vous ? chuchota Jason.

— Chéri, j'ai besoin d'un géniteur.

— Sally, tu peux lâcher ma nounou que nous allions boire un verre ? Vous pouvez vous occuper un moment de Max ? demanda-t-elle à Jason en le foudroyant du regard.

— Je devrais pouvoir m'en sortir, répondit-il sans cesser de regarder Sally, comme si elle était la femme de ses rêves. Ne vous occupez pas de moi. Max et moi allons porter ces paquets à la voiture, ensuite, j'ai quelques courses personnelles à faire, ajouta-t-il.

Avant que son amie n'ait le temps de répondre, Amy la prit par le bras et l'entraîna vers un faux pub anglais et s'assit dans le box le plus proche.

— Je veux tout savoir sur lui, dit Sally.

— Qu'est-ce qui t'amène à Abernathy et pourquoi ne m'as-tu pas prévenue de ton arrivée ?

— Je suis dans un centre commercial, pas à Abernathy, et j'habite à dix kilomètres d'ici. Raconte-moi ce qui se passe ? C'est ton amant ? Ou bien le regardes-tu comme une œuvre d'art ?

— Il faut que tu te jettes sur tous les hommes que tu rencontres ? demanda Amy en s'emparant de la carte. Tu as faim ?

Comme son amie ne répondait pas, Amy leva la tête.

— Accouche, dit Sally. Je veux tout savoir.

— Je t'ai déjà tout dit. Il est homo, il ne s'intéresse pas à moi en tant que femme, et nous jacassons comme deux vieilles pies. C'est tout.

— Je veux des détails, insista Sally en commandant deux cafés.

— Non, je prendrai un grand jus d'orange.

— Maintenant, raconte. Tu es sûre que ce beau mec est homo ?

Bien qu'agacée par l'intérêt que manifestait Sally pour « son » M. Wilding, Amy surmonta ce qui ressemblait à de la jalousie.

— Je crois que son ex-amant est venu à la maison ce matin, dit-elle avant de raconter l'entrevue de Charles et de Jason. Pendant que Charles me baisait la main, il y a eu moult roulements d'yeux. Il y a manifestement quelque chose entre eux. Et la veille, au *Paradis du bébé*, M. Wilding n'a pas cessé de lancer des regards furibonds à deux hommes. Il n'a même pas regardé la vendeuse qui était une beauté, mais ne s'est intéressé qu'aux deux hommes.

— Bon, et où l'as-tu trouvé ?

— C'est lui qui m'a trouvée. J'ai ouvert la porte, et il était là. C'est David qui me l'a amené.

— En cadeau de Noël ?

— Si on veut, mais ne te fais pas d'idées. Il est homosexuel.

— Il n'en a pas l'air.

— Et à quoi reconnais-tu un homosexuel ?

— Ne me mords pas ! Je demandais, c'est tout. Homosexuel ou pas, il est divin, et je veux tout savoir sur lui.

— Je ne sais pas grand-chose. David m'a simplement dit que son cousin cherchait un endroit où se réfugier, le temps de se remettre d'une peine de cœur, et j'ai accepté de le recevoir.

— Il peut soigner son cœur brisé dans mon lit.

— Tu lis trop de romans. Il n'y a rien entre nous, et il n'y aura jamais rien. Je te le répète : il est homosexuel. Et puis, c'est l'élégance même. À son arrivée, il portait un costume qui a dû coûter plus cher que ma maison.

— Amy, cette tasse de café vaut plus que ton trou à rats.

— N'exagérons rien.

— Pire que ça. Parle-moi encore de lui.

— Il est étrange. Il ne parle pas beaucoup, mais il... Il me porte chance. C'est drôle, mais c'est vrai, il nous porte chance à Max et à moi. Depuis son arrivée, il s'est passé des choses merveilleuses.

— Il s'est mis à genoux et t'a dit qu'il ne pouvait pas vivre sans toi, et...

— Cesse de rêver. D'abord, Max l'adore.

— Et ensuite ?

— Je ne sais pas comment expliquer. À dire vrai, je ne le comprends pas moi-même. C'est comme s'il était... Il fait penser à une tortue. Ou à un tatou. Il a une carapace épaisse, mais à l'intérieur, il est tendre. Je ne crois pas qu'il en ait conscience, mais il adore mon fils autant que celui-ci l'adore.

Sally regarda longuement son amie.

— Tu es amoureuse de lui ?

— Ne sois pas ridicule. Il est gentil et nous nous amusons bien ensemble, mais il est vraiment trop efféminé. Il aime faire des courses, repasser le linge, enfin tout ce que les hommes n'aiment pas.

— Tu veux dire tout ce que Billy n'aimait pas, c'est ça ? Écoute, Amy, je sais que tu es la seule fille à être sortie vierge de l'école, et je sais que tu te gardais pour ton mari. Je sais aussi que tu t'es donnée à un drogué alcoolique... Ne me regarde pas comme ça. Billy avait ses bons côtés, mais je suis réaliste. Tu as couché avec un seul homme, tu as vécu avec un seul homme, et le seul homme que tu aies jamais connu ne savait pas ouvrir un réfrigérateur. Il existe d'autres sortes d'hommes, tu sais.

— Pourquoi faut-il toujours que tu romances tout ? Je n'ai pas deviné qu'il était homosexuel. David me l'a dit.

— Le docteur David ? ça c'est un mec. Tu sais, ton M. Wilding me le rappelle.

— Ils sont cousins.

— Ah, je vois. Et ensuite que va-t-il se passer ? Tu continues à vivre avec ce merveilleux type ou tu dois le rendre après Noël ?

— Je ne sais pas.

— Amy, tu n'as pas changé ! s'esclaffa Sally. Il n'y a que toi pour vivre avec un homme sans savoir pourquoi il est là ni combien de temps il compte rester.

Amy ne répondit pas et regarda son verre vide.

— D'accord, je te fiche la paix. Parle-moi des autres hommes dans ta vie ? Qu'est devenu ce beau vendeur de voitures ?

— Oh, Ian. Il est concessionnaire Cadillac. Il est très riche, je crois.

— Le pauvre, il n'est que beau et riche, je comprends qu'il ne te plaise pas.

— Il s'intéresse plus à lui-même qu'à qui que ce soit. Il croyait me faire une grande faveur en débarquant tous les soirs. Il m'appelait toujours « la veuve de Billy Thompkins », comme si j'étais une intouchable.

— La petite vie de province ! Pourquoi ne t'en vas-tu pas pour vivre dans un endroit où personne n'a jamais entendu parler de Billy et de ses problèmes ?

Avant qu'Amy n'ait eu le temps de répondre, Sally bondit, comme si on l'avait piquée.

— Quelle heure est-il ?

Amy chercha du regard une horloge, mais n'en vit pas.

— Il faut que j'y aille, fit Sally en rassemblant ses affaires. Ne me dis pas que tu ne sais pas ? ajouta-t-elle en voyant la tête de son amie.

Amy secoua la tête.

— Tu n'as pas vu les affiches ? Il y en a partout dans le centre commercial. Tu connais *Soirs de Paris* ? Eh bien, la boutique a été rachetée.

— Ce n'est pas pour moi, dit Amy en se glissant à son tour hors du compartiment. Même le lèche-vitrines n'est pas dans mes moyens.

— C'est absolument inabordable et je ne sais pas comment ils comptaient vendre des robes aussi luxueuses dans le fin fond du Kentucky. En tout cas, personne n'ignorait que la boutique était sur le point de déposer son bilan, mais un mystérieux acheteur de New York, rien que ça, aurait repris le magasin et, pour lancer la nouvelle boutique, offre une robe de chez Dior. Eh bien, Dior, ça ne te dit rien ? ajouta

Sally, comme son amie marchait à côté d'elle sans réagir.

— Non, je suis plutôt dans les Pampers. Qu'est-ce que je ferais d'une robe de chez Dior ?

— Ma pauvre fille. J'estime qu'avoir un bébé enlève à peu près cinquante pour cent du quotient intellectuel d'une femme. Elle les retrouve quand le gosse va à l'école, mais jusque-là elle est idiote.

— Tu le penses, dit Amy en riant, mais moi je le sais. Et que veux-tu faire avec une robe de chez Dior ?

— Bon, viens, dit Sally en levant les yeux au ciel, le tirage va commencer, et il faut que tu participes au concours.

— Moi ?

— Oui, et si tu gagnes, tu me donnes la robe.

— D'accord.

Mais Amy devait d'abord trouver Jason et Max. Une heure plus tard, réunis tous les trois devant la fontaine, ils attendaient le tirage. Et quand le nom d'Amy sortit, elle n'en fut pas étonnée outre mesure. Ces derniers jours, la chance lui souriait.

— Sally va être tellement heureuse, dit Amy comme la foule se retournait pour voir si la gagnante se trouvait dans l'assistance.

— Pourquoi ? demanda Jason.

— Parce que je lui ai promis de lui donner la robe si je gagnais.

— Quoi ? fit Jason en lui saisissant le bras.

— Je n'ai pas besoin d'une robe comme ça. Où la porterais-je ?

— Oh ! J'ai oublié de vous dire. David a des billets pour le bal des Sonneurs, demain, et il souhaite que vous l'accompagniez.

Amy le regarda, l'air de ne pas comprendre. Puis elle sourit et dit :

— J'espère que Sally ne verra pas d'inconvénient à avoir une robe qui a été portée une fois.

Elle monta ensuite sur le podium pour recevoir son

prix et ne fut pas non plus étonnée de découvrir que la robe était à sa taille et que le prix incluait une coiffure et un maquillage par M. Alexandre de New York, le soir de son choix. Quand elle le demanda pour le lendemain soir, elle ne fut pas davantage surprise d'apprendre que M. Alexandre se trouverait justement dans la région le lendemain.

Quand elle raconta tout cela à Jason, celui-ci dit :

— Ce M. Alexandre sort probablement du salon de beauté local. Il a dû aller un jour à New York et prétend maintenant en venir.

— En tout cas, dit Amy, il m'arrive des choses étranges depuis…

— Depuis que David vous fait la cour ?

— David ? Me faire la cour ? Vous êtes fou ?

— Si vous ne voyez pas ce que tout le monde voit, c'est que vous êtes aveugle. Le docteur David est amoureux de vous et veut…

— Oh, ne soyez pas ridicule. Écoutez, il est presque l'heure de déjeuner et il faut que je nourrisse Max, alors rentrons.

Jason ne répondit pas, mais la poussa à moitié dans un charmant restaurant italien. On leur servit d'abord du pain avec de l'huile aromatisée à l'ail que les adultes trouvèrent beaucoup trop épicée, mais dont Max suça trois morceaux.

Après le déjeuner, ils visitèrent plusieurs magasins de jouets, et malgré les protestations d'Amy, de minute en minute plus faibles, Jason acheta de nombreux jouets.

— Comment vais-je vous rembourser ? gémit-elle dans la voiture qui les ramenait à la maison. Vous devez rapporter tous ces vêtements et ces jouets.

— David vient vous chercher dans une heure, vous avez donc intérêt à vous dépêcher.

— Me dépêcher ?

— Vous devez nourrir Max avant de partir et…

— Je vous en prie ! Je sais mieux que vous ce que je

dois faire. De toute manière, ajouta-t-elle en sortant de la voiture, je ne peux pas y aller. Je n'ai rien à me mettre.

Jason lui colla dans les bras un grand sac vert foncé.

— Comment saviez-vous que j'adore cette couleur ? demanda-t-elle, après l'avoir entrouvert.

— L'intuition. Maintenant, allez nourrir Max et filez.

— Monsieur Wilding, vous êtes ma bonne fée.

— Filez ! Vite.

Elle prit Max et entra en courant dans la maison.

11

Dès qu'Amy fut partie avec David, Jason prit son téléphone et appela chez son père.

— Que se passe-t-il ? dut-il crier, en raison du bruit de fond.

— Mais c'est mon homosexuel de fils ! s'exclama Bertram Wilding. Alors, quoi de neuf chez les gays ?

Jason leva les yeux au ciel et se jura une nouvelle fois de tuer son frère.

— Trêve de plaisanteries, papa, passe-moi ma secrétaire.

— Cherry ?

— Quoi ? Je ne t'entends pas.

— Cherry Parker, c'est son nom.

— Je te remercie. Je le savais.

Il se rappelait vaguement avoir trouvé ce nom bizarre pour une femme aussi froide que Parker.

— Tu peux me la passer ?

— Bien sûr. Elle doit être dans la cuisine avec Charlie.

Sur ces mots, il posa le téléphone, et Jason entendit ses pas sur le parquet.

— Cherry ? murmura Jason. Charlie ?

— Oui, monsieur, dit Parker en soulevant le combiné.

— J'ai besoin de vous.

— Je me doutais qu'il ne s'agissait pas d'un coup de téléphone mondain.

Jason écarta le téléphone et le regarda. En rentrant à New York, il devrait remettre son personnel au pas.

— Je vais vous dicter une liste de jouets que je veux que vous achetiez. Je veux ensuite que vous les emballiez avec du papier de soie blanc et du ruban rouge ou vert. Vous y collerez des étiquettes sur lesquelles vous aurez inscrit le nom du Père Noël. Compris ?

— C'est encore à ma portée.

Jason fit de nouveau la grimace. Sa secrétaire était décidément bien insolente.

— Et je veux que vous les livriez ici, la nuit même de Noël. Vous les mettrez sous l'arbre.

— Très bien. Et comment rentrerai-je dans la maison ?

— Je laisserai une clé sous le paillasson de la porte de derrière.

— Ah, les plaisirs et la sécurité d'une petite ville de province. Comme tout cela me manque.

— Parker, épargnez-moi vos commentaires.

— Oui, monsieur, dit-elle nullement contrite. Autre chose ?

Jason regretta un instant sa brusquerie, mais trop de désordre s'était introduit dans sa vie ces derniers temps.

— Vous avez votre robe pour demain soir ? demanda-t-il d'un ton moins dictatorial.

— Oui. Vous m'en avez acheté une. Elle vient de chez Oscar de la Renta.

— Bien.

Il raccrocha sans même un au revoir, et composa un autre numéro.

— Eh bien, dit Mildred Thompkins quand Jason ouvrit la porte, Max dans les bras. C'est toi l'ange dont Amy nous rebat les oreilles ? Ne reste pas planté là et laisse-moi entrer, il fait froid dehors.

— Vous n'allez pas lui dire, hein ? demanda-t-il comme un petit garçon suppliant qu'on ne dise rien à sa mère.

— Dire à Amy que son ange gardien homosexuel est en fait un des hommes les plus riches du monde ?

— Pas tout à fait. Et autant vous prévenir, je ne suis pas milliardaire.

— Viens, mon chéri, dit-elle au bébé qui tendit aussitôt les bras vers sa grand-mère. Tu veux bien me dire ce qui se passe ? Pourquoi te fais-tu passer pour un homosexuel, alors que, au lycée, tu courais après toutes les filles d'Abernathy. Et combien de maisons as-tu dans le monde ?

— Je vois que vous n'avez pas changé, dit Jason en regardant, fasciné, la masse laquée des cheveux de Mildred, dont les mèches s'entrelaçaient en un motif compliqué que n'aurait pas dérangé un ouragan. Toujours aussi curieuse, je vois.

— Je m'intéresse à Amy. Je veux son bonheur.

— Depuis que Billy n'est plus là pour le lui donner ?

— C'est ce que j'appelle un coup bas. Mon fils avait sans doute ses torts, mais il a fait une seule chose de bien dans sa vie : épouser Amy et lui donner cet enfant.

Serrant Max contre son cœur, elle l'embrassa, éloigna ses petites mains de ses lunettes et ajouta :

— Non, ce n'est pas vrai. Il en a fait une autre. La nuit de sa mort, Billy était ivre et conduisait à plus de cent à l'heure sur une route sinueuse. Mais il était assez sobre – et délicat – pour heurter un arbre plutôt qu'un car rempli de gosses revenant d'un match de foot.

— J'ai toujours bien aimé Billy.

— Je le sais et tu as toujours été bon pour lui. C'est pourquoi je viens voir comment Amy et toi vous vous entendez. Amy est formidable. Elle voit ce qu'il y a de meilleur chez les êtres. Comprends-moi bien. Elle n'est pas de ces imbéciles qui trouvent tout le monde gentil. Elle voit chez les gens le bien que d'autres ne voient pas. Et la confiance qu'elle leur accorde les rend plus forts. Si Billy n'était pas mort, peut-être en aurait-elle tiré quelque chose. Mais… Enfin, mieux vaut ne pas dire du mal des morts. Billy a laissé derrière lui une femme ravissante et Max. Et maintenant, j'aimerais savoir ce qui se passe et pourquoi tu vis avec ma belle-fille dans cette ruine.

— Vous voulez bien garder le bébé demain? demanda Jason, ignorant sa question. Je suis pris.

— Il s'est passé des choses étranges, ces derniers temps, ajouta-t-elle en plissant les yeux. Quelqu'un a acheté le *Paradis du bébé* et *Soirs de Paris* et...

— Quoi? Quelqu'un a acheté un magasin de robes?

— Oui. Cette boutique qui a tiré une tombola dont le lot était une robe de Dior. Nous sommes peut-être des bouseux dans le Kentucky, mais nous savons qu'une boutique comme *Soirs de Paris* ne vend pas de robes de chez Dior. Tu sais combien elle coûte?

— Je le saurai sûrement. Dites-moi, vous connaissez le nom de celui qui a acheté cette boutique?

Mildred lui sourit tout en agitant un hochet pour Max.

— Je sais seulement qu'il est de New York. Tu savais que l'ancien propriétaire était un de tes rivaux au foot? Je me rappelle un match où tu devais lui passer le ballon, mais au lieu de le faire, tu as couru avec et marqué le point qui vous a donné la victoire. Comment s'appelait ce garçon?

— Lester Higgins.

— C'est ça. Il a épousé une fille dont le père possédait cette boutique, et Lester a essayé pendant des années de la faire marcher. En vain. Et maintenant, ajouta-t-elle en regardant Jason avec un large sourire, il a enfin trouvé quelqu'un qui l'en a débarrassé. Quelqu'un qui a les moyens.

— Ne me regardez pas comme ça. J'étais riche, mais depuis que je suis à Abernathy, mes ressources ont fondu.

— On ne peut pas gagner de l'argent avec une boutique de robes dans le Kentucky, même si on donne en promotion des robes à vingt mille dollars.

— Vous êtes toujours la pire commère de la région. Vous voulez garder le bébé, demain ?

— Pour te permettre d'aller au bal des Sonneurs ? J'ai entendu dire que Jessie Ford loue tellement cher sa piste d'atterrissage pour ton jet qu'il songe à prendre sa retraite.

— Bon, vous avez gagné. Vous avez obtenu votre potin, mais j'ai trouvé quelqu'un pour s'occuper de Max demain. Marché conclu ?

— D'accord. Commande une pizza pendant que je vais chercher la bouteille de bourbon dans la voiture. Inutile de regarder si Amy en a dans la maison. Elle aurait peur que Max en boive.

— Vous n'avez pas changé, Mildred.

— Toi non plus. Et j'ai toujours eu un faible pour toi.

— Comme pour tous les garçons de la ville, dit-il en prenant le téléphone.

— Et il faut le voir jouer avec Max ! disait Amy. Il passe des heures à le faire ramper ; il a une patience… Et quand il est là, il ne nous arrive que des choses heureuses. Je gagne des trucs, je trouve des affaires formidables, et je t'ai dit qu'il fait le repassage et me laisse dormir ?

— Deux fois, dit David.

— Oh, désolée. C'est que je n'ai jamais vécu avec quelqu'un d'aussi peu égoïste. Non que je vive vraiment avec lui, mais, tu sais…

Elle s'arrêta et joua avec sa fourchette, se demandant ce que M. Wilding et Max avaient pour leur dîner.

— Amy, tu veux rentrer ? demanda David en se penchant vers elle.

— Non, bien sûr que non. Je suis ravie. C'est merveilleux de sortir.

— Tu es bien jolie. Cette couleur te va très bien.

— C'est M. Wilding qui m'a acheté cette tenue, dit-elle sans réfléchir. C'est vrai, j'ai promis de ne plus prononcer son nom. Raconte-moi, tu as sauvé des vies aujourd'hui ?

— Une demi-douzaine au moins. Tu veux aller danser ?

— Je ne peux pas, répondit-elle en enfournant une bouchée, pour essayer de rattraper David qui avait pratiquement terminé son assiette, pendant qu'elle parlait.

— Que dis-tu ?

Amy avala une gorgée de limonade.

— Je dois nourrir Max.

David resta un moment silencieux, puis demanda :

— Jason t'a parlé du bal de demain ?

— Oui, après que j'ai gagné une robe de chez Dior.

— Tu as gagné une robe ? Et de chez Dior, rien que ça ! Raconte.

Amy ne put s'empêcher de raconter toute sa journée : le repassage de Jason, la rencontre avec Julie Wilson dans le centre commercial, tous les vêtements achetés pour Max.

— Il va évidemment devoir les rapporter, dit-elle, mais il ne l'a pas encore fait. Je vais lui en reparler.

— Et la robe ?

— Ah oui, la robe.

Elle lui raconta ce que lui avait appris Sally : la boutique en faillite rachetée par un nouveau propriétaire, qui offrait une robe pour le lancement.

— Et je l'ai gagnée. Ainsi qu'un changement de look, pour être présentable.

— Tu es toujours présentable, dit David, mais Amy ignora le compliment.

— Dans ma situation, je suis contente que la robe soit à bustier, ce sera plus facile pour moi.

Elle avait voulu faire une plaisanterie, mais, croisant le regard intense de David, elle rougit.

— Désolée, dit-elle. J'oublie où je suis. Je ne peux pas m'empêcher de faire des plaisanteries sur l'allaitement.

— Tu plaisantes souvent avec Jason ? demanda David.

— Oui. Il est bon public, et il rit de mes plaisanteries, d'aussi mauvais goût soient-elles.

— Pas pour Jason.

— Je te demande pardon.

— Tes plaisanteries ne sont certainement pas de mauvais goût pour lui.

Amy le regarda sans comprendre.

— Oui, bien sûr, dit-elle enfin. C'est délicieux. Qu'est-ce que c'est ?

— Du bœuf.

— Ah bon. Je t'ai parlé de Charles ?

— Encore un autre homme ?

— Mais non, idiot, c'est celui qui prépare la nourriture pour bébés que tu m'as donnée. Il est beau, et tu aurais dû me dire la vérité.

— Oui, c'est vrai. Et toi, pourquoi ne me dis-tu pas la vérité ?

— Ça t'assommerait.

— Non, ça m'instruirait. Je commence à trouver toute cette histoire fascinante. Il y a l'amusant et altruiste Jason. Max le câlin. Et voilà maintenant le beau Charles. Qui y a-t-il d'autre dans ta vie ?

Amy fourra un morceau de viande de la taille d'une balle de golf dans sa bouche et fit signe qu'elle ne pouvait pas parler avant d'avoir avalé.

— Amy ! appela une voix masculine à côté d'eux. Mais tu es divine ! On est toujours d'accord pour le réveillon du 31 ?

Amy se tourna vers Ian Newsome, mais elle n'eut pas le temps de lui répondre.

— Je crois qu'Amy est prise pour le réveillon, dit David en lançant un regard noir au nouveau venu.

— Vraiment ? Tu as eu mon cadeau de Noël, Amy ? Elle secoua la tête.

— Ah bon ? Il faudra donc que je te l'apporte moi-même. Ou plutôt que je le conduise. Comment va votre petite clinique, docteur, dit-il à l'adresse de David. Vous êtes toujours à la recherche de dons ? Et vous habitez toujours dans cette minuscule maison de River Road ?

Sur ces mots, il se retourna vers Amy, lui fit un clin d'œil, puis disparut.

— Je déteste ce type, pas toi ? Tu veux un dessert ?

— Non, merci. Je dois rentrer pour nourrir Max.

— Oui, bien sûr, dit David avant de faire signe à la serveuse d'apporter l'addition. Partons. Quelle soirée !

Amy s'en voulait de ne pas avoir laissé David la raccompagner jusqu'à sa porte, car, après tout, il lui avait offert un délicieux dîner et il l'emmènerait le lendemain au bal.

— Je suis rentrée, annonça-t-elle.

Comme elle n'obtenait pas de réponse, elle eut un moment de panique. M. Wilding était-il parti ? Avait-il emmené Max ?

Mais Jason apparut, Max en larmes dans les bras.

— Donnez, donnez, dit Amy en tendant les bras.

L'instant d'après, elle était assise sur le canapé et Max tétait avec bonheur.

— C'était agréable ? demanda Jason, debout à côté d'elle.

— Oh oui. Super. Il reste du bourguignon de ce matin ?

— Je crois, dit-il, amusé par son regard suppliant.

Il disparut dans la cuisine et emplit une assiette de salade et de bœuf froid.

— Il vous faut un four à cuisson rapide, dit-il en lui tendant l'assiette.

Amy la prit, mais ne sut où la poser. Jason l'en débarrassa donc, coupa un morceau de viande et le lui donna.

— Un micro-ondes, dit-elle une fois qu'elle eut avalé. Mais la cuisine de Charles est aussi bonne froide que chaude. Vous avez dîné ?

— Oui, et je croyais que vous aviez dîné, vous aussi. Vous avez donc faim ? s'étonna-t-il.

— Vous savez, dit-elle avec un mouvement de la main. Qu'est-ce que c'est que ça? cria-t-elle en se retournant brusquement.

— La table basse, dit-il en lui tendant de nouveau la fourchette. En tout cas, c'est censé en être une. Et si nous trouvions un magasin en faillite.

— Non, *ça*, dit Amy, la bouche pleine.

— Le verre? C'est un verre. Vous n'en avez jamais vu?

— Qu'est-ce qu'il y a sur le verre? fit-elle, ignorant son humour.

Jason pivota, regarda l'unique verre posé sur la table et sourit.

— Du rouge à lèvres, dit-il en se retournant vers elle.

— Ce n'est pas le mien.

Elle le regarda avec insistance, tandis qu'il continuait à lui donner la becquée.

— Ne me regardez pas comme ça. Ce n'est pas non plus le mien.

— Je sais que tous les homosexuels ne sont pas des travestis, mais à qui est ce rouge à lèvres?

— Ahhhh!

— Jason!

— Qu'est devenu « monsieur Wilding »?

— Vous avez eu un invité? demanda-t-elle en changeant Max de position.

— Oui, en effet. Je suis touché de votre intérêt.

— Vous n'auriez pas dû. Quand il y a un bébé en jeu, on ne sait pas ce qui peut se passer dans la tête des gens. La sécurité de Max passe avant tout.

— Je vous comprends, mais c'est une femme que je connais depuis longtemps.

— Vous auriez dû me demander la permission avant d'inviter une femme dans cette maison. Dans ma maison.

— Je le ferai la prochaine fois. Vous voulez boire quelque chose? J'ai de la bière. Max devrait aimer.

— Qui était-ce?

— Qui était qui ?

— La femme qui a laissé du rouge à lèvres sur ce verre.

— Une amie. Un Coca ? Ou un Seven Up ?

— Vous ne me répondez pas.

— Et vous non plus. Que voulez-vous boire ?

— Rien, dit-elle furieuse.

Max s'était endormi et elle n'eut pas le cœur de le réveiller pour qu'il finisse de téter. Elle avait envie de se coucher. Que lui importait après tout qu'il ait des visites, homme ou femme ?

— Je suis très fatiguée, dit-elle, avant d'emporter Max dans sa chambre. À demain.

— Bonne nuit, dit-il gaiement.

Il se retira à son tour et s'endormit, tout habillé, sur le rapport financier d'une société qu'il comptait acheter.

Réveillé, quelques heures plus tard, par un bruit de verre brisé, il balança ses longues jambes hors du lit et trouva Amy, pieds nus, dans la cuisine, en train de ramasser des morceaux de verre.

— Vous allez vous couper, dit-il.

Lorsqu'elle leva vers lui des yeux pleins de souffrance, il comprit que quelque chose n'allait pas. Chaussé de ses pantoufles, il enjamba les éclats de verre, la souleva et l'assit sur une chaise.

— Maintenant, racontez-moi ce qui ne va pas.

— Un simple mal de tête. Ce n'est rien, murmura-t-elle, le visage déformé par la douleur.

— Rien ? Vous voulez que je vous conduise aux urgences de l'hôpital ?

— J'ai des comprimés, dit-elle avec un geste en direction de sa chambre. Ils sont dans…

Elle ne put finir sa phrase car Jason avait quitté la pièce, mais il revint, quelques secondes plus tard, son portable à l'oreille.

— Je me fiche de l'heure ou de savoir si tu dors ou pas, dit-il dans le combiné. Je ne suis pas médecin, mais je sais voir quand quelqu'un souffre. Qu'est-ce que je fais ?

— ...

— D'accord. Et depuis quand a-t-elle ça ?

— ...

— Oui, oui. Oui, oui. Je vois. Au besoin, je te rappelle.

Jason posa le téléphone et regarda Amy.

— David prescrit des compresses chaudes et des massages. Et il vous a donné des comprimés que vous devrez prendre aux premiers signes de douleur. Pourquoi ne les avez-vous pas pris ?

— J'étais occupée, dit-elle avec un regard pitoyable. Je suis désolée de vous tenir éveillé, mais j'ai tellement mal à la tête.

Jason ouvrit le robinet de l'évier, attendit que l'eau soit chaude et en mouilla une serviette.

— Tenez, dit-il. Mettez-vous ça sur le front et dites-moi où sont les comprimés.

Amy voulut répondre, mais la douleur l'obligea à fermer les yeux. Jason la prit dans ses bras et la transporta dans la chambre. Il trouva dans l'armoire à pharmacie un flacon de comprimés sur lequel était écrit le mot « migraine » et lui en apporta deux avec un verre d'eau.

Il pensait la laisser, mais, la voyant recroquevillée sur elle-même, il se rappela que la migraine n'était pas sans rapport avec la tension et le manque de sommeil. David lui avait d'ailleurs dit au téléphone que les femmes qui avaient accouché récemment souffraient souvent de maux de tête et qu'elles avaient davantage besoin de tendresse que de comprimés.

Quand Jason s'assit à côté d'elle sur le lit, elle émit quelques protestations, mais il les ignora, et s'adossant contre la tête de lit, il l'appuya contre sa poitrine et appliqua ses longs doigts sur sa nuque.

Lorsqu'il commença à la masser, elle gémit faiblement, ce que Jason interpréta comme un encouragement. Il lui caressa alors doucement le cou et la tête et, à mesure que les minutes passaient, il la sentit se détendre.

— Laissez-vous aller, dit-il.

Tandis qu'il lui massait la colonne vertébrale, les côtes, puis les bras, elle oublia sa gêne et le reste du monde. Elle avait encore le haut des bras très tendu et il réussit à les décontracter.

Au bout d'une demi-heure, elle se laissait totalement aller, comme Max dans ses bras.

Dix minutes encore et Jason comprit qu'elle dormait; il l'allongea doucement. Une fois debout, il la couvrit, puis dans un élan, l'embrassa et la borda comme si elle avait trois ans. Puis il se retourna pour sortir.

— Merci, l'entendit-il balbutier.

Il répondit par un sourire.

12

Jason fronça les sourcils. De la cuisine provenait un brouhaha, qui ne semblait pas être l'œuvre d'Amy et de Max. Les cris perçants de l'enfant et les rires de sa mère faisaient dorénavant partie de sa vie. Tout bien réfléchi, c'était peut-être Amy qui s'activait dans la cuisine.

Avec un sourire malicieux, il bondit du lit en pantalon de pyjama et sortit de sa chambre. Malheureusement, ce fut Charles qu'il découvrit aux prises avec les boutons du four.

— Vous vous attendiez à trouver quelqu'un d'autre ? demanda ce dernier en fixant le torse nu de son patron.

Jason retourna dans sa chambre enfiler un jean et une chemise avant de revenir interroger son chef.

— Que faites-vous ici à cette heure ? gronda Jason.

Il s'assit à la table de la cuisine et passa la main sur sa barbe naissante.

— Et comment êtes-vous entré ? ajouta-t-il.

— J'essaie de faire marcher ce misérable fourneau, et vous avez dit à Cherry que la clé serait sous le paillasson, vous vous rappelez ? Et il est neuf heures passées. Qu'avez-vous fait la nuit dernière pour dormir si tard ? demanda Charles avec un petit sourire narquois.

— Je me rappelle avoir dit à Parker où était la clé, mais pas à vous, rétorqua Jason, ignorant les insinuations de son chef.

— Elle n'est pas vraiment votre type.

— Parker ? fit Jason, horrifié.

— Non, elle, dit Charles en montrant du menton la chambre d'Amy.

— Vous méritez d'être renvoyé, dit Jason en foudroyant du regard le petit homme.

Sans prononcer un mot, Charles prit un plat de porcelaine derrière lui, en souleva le couvercle et le colla sous le nez de son patron. Des crêpes au coulis de fraises chaud, son plat préféré.

Jason fit entendre un grognement et regarda en direction du placard à vaisselle. Quelques secondes plus tard, il dévorait à belles dents. Comment Charles parvenait-il, où qu'il fût, à trouver les meilleurs produits ? Ces délicieuses fraises ne venaient sûrement pas du supermarché local. Mais en se rappelant ce que ces derniers jours lui avaient coûté, Jason préféra ne pas en connaître la provenance.

— Je songe sérieusement à monter une affaire d'aliments pour bébés, décréta Charles. Peut-être pourriez-vous m'indiquer les démarches à entreprendre.

Sachant qu'il perdrait son chef s'il l'aidait, Jason était plutôt tenté de lui conseiller d'abandonner cette idée, mais il préféra faire celui qui, ayant la bouche pleine, ne pouvait parler. Il se traita de lâche intérieurement, mais les crêpes aux fraises eurent raison de ses scrupules.

— Est-ce que tous les bébés ont le palais aussi formé que Max ?

— Max est unique au monde. Quand on parle du loup...

Il écouta, puis se leva et se dirigea vers la porte de la chambre d'Amy. Il l'ouvrit et entra sur la pointe des pieds. Quelques instants plus tard, il ressortait avec un Max à moitié endormi et une couche propre.

— Je n'ai rien entendu, dit Charles. Vous avez de bonnes oreilles.

— Quand vous serez...

Jason s'interrompit, le mot « père » sur le bout de la langue.

— Quand vous serez plus aguerri, reprit-il, vous apprendrez à écouter.

Mais Charles n'écoutait pas son employeur, il le regardait, fasciné, étendre un torchon sur la table de la cuisine et changer le bébé, comme s'il avait fait ça toute sa vie. Un homme qui passait son temps à donner des ordres. Ses vêtements étaient choisis et achetés par son valet de chambre, sa voiture conduite par son chauffeur, ses repas préparés par son chef. Et sa secrétaire faisait le reste.

Charles se reprit et sourit au bébé.

— Et vous aimez les fraises, jeune homme ?

Max répondit en piaillant, puis saisissant une crêpe à deux mains, il la suça et la mâcha jusqu'à ce qu'il ne lui reste que du coulis sur les mains, les bras, le visage, les cheveux et même le nez.

— De la part d'un être totalement dépourvu de préjugés, c'est le plus bel encouragement, dit Charles en regardant Jason essuyer le bébé.

— Ou la plus belle critique, ajouta Jason, contrarié de voir que son chef persistait à vouloir lancer sa propre affaire.

— Vous avez peur de me perdre ? fit Charles en levant un sourcil.

Des coups frappés à la porte d'entrée évitèrent à Jason de répondre. Comme il allait ouvrir, Max sur un bras, Amy sortit de la chambre, un vieux peignoir jeté sur sa chemise de nuit.

— Que se passe-t-il ? demanda-t-elle.

Quand Jason ouvrit la porte, il fut écarté par un homme blond et mince, suivi de deux autres jeunes gens et d'une femme chargés d'énormes coffrets et de bâches en plastique. Ils étaient tous les quatre habillés de noir et avaient les cheveux violemment décolorés et coiffés en épis.

— Ce doit être vous, dit le premier homme en montrant Amy.

Il avait trois anneaux d'or à l'oreille gauche et un lourd bracelet au poignet.

— Ciel, je comprends pourquoi on m'a dit de venir tôt. Ce doit être votre couleur naturelle de cheveux. À quoi pensait le bon Dieu en vous faisant ce coup ? Et où avez-vous trouvé ce peignoir, chérie ? ça se veut kitsch ou vous l'avez depuis la présidence de Nixon ? Bon, les garçons, vous voyez ce que nous avons à faire. Installez-vous ici, là et là-bas.

Se tournant vers Jason, il le toisa des pieds à la tête.

— Et vous, qui êtes-vous, chéri ?

— Personne, répondit Jason. Je sors avec Max, ajouta-t-il à l'adresse d'Amy.

Celle-ci lui jeta un regard suppliant, mais il fut sans pitié. Empoignant le manteau de Max et le sien, il sortit avant que la porte d'entrée ne fût refermée. Quand il avait parlé à Parker de changement de look, il pensait mise en plis et ombre à paupières. Amy possédait une beauté naturelle et n'avait pas besoin d'une armée d'esthéticiennes pour une soirée.

Bien qu'il s'estimât chassé par cette équipe, il était en vérité ravi d'avoir Max pour lui tout seul... Étonnant, se dit-il, ce que pouvait apporter l'amour d'un enfant.

Disposant de toute une matinée avant la prochaine tétée, Jason prit la voiture et se rendit dans le centre d'Abernathy. Max étant toujours en pyjama, il devait avant tout acheter de quoi l'habiller.

— Je ne vous ai pas déjà vu quelque part ? demanda le propriétaire du grand magasin de la ville.

L'homme avait servi Jason, David et leur père des centaines de fois, lorsque les garçons étaient enfants, il était donc normal qu'il se souvînt de lui.

— Mmmm, marmonna Jason, tandis qu'il posait une salopette, un tee-shirt et une combinaison matelassée pour un enfant de deux ans sur le comptoir.

Elle serait trop grande pour Max dans l'immédiat, mais c'était la plus jolie, et Max avait sa fierté.

— Je suis sûr de vous connaître, insistait l'homme. Je n'oublie jamais un visage. Vous êtes venu avec l'équipe qui doit maquiller Amy?

— J'ai besoin de couches pour un bébé de dix kilos, dit Jason en sortant sa carte de crédit, avant de décider de payer en liquide, pour que l'homme ne lût pas son nom sur la carte.

Peut-être aurait-il mieux fait d'aller au centre commercial plutôt qu'à Abernathy.

— Ça me reviendra, dit l'homme. Je le sais.

Sans un mot, Jason prit les sacs en plastique, puis sortit du magasin. Cette rencontre l'avait ramené à l'époque où il vivait à Abernathy, mais il voyait maintenant l'endroit avec un regard d'adulte, un adulte ayant voyagé dans le monde entier.

La ville se mourait, se dit-il à la vue des peintures écaillées et des enseignes défraîchies. La petite épicerie où son père faisait ses courses deux fois par semaine et où Jason avait chapardé des bonbons avait une vitre cassée. Il n'avait volé qu'une fois dans sa vie. Son père l'avait découvert et pour lui enlever toute envie de recommencer, il l'avait obligé à travailler avec l'épicier pour balayer le magasin et servir les clients pendant deux semaines.

Ce fut au cours de ces deux semaines que Jason prit goût aux affaires. Il avait découvert que plus il était enthousiaste, plus il croyait en un produit, mieux il vendait. À la fin des deux semaines, le propriétaire et lui-même s'étaient séparés avec regret.

La vitrine du bazar semblait ne pas avoir été lavée depuis des années. La laverie automatique était d'une saleté repoussante.

Elle se meurt, se répéta-t-il. Les centres commerciaux et les grandes villes avaient tué la pauvre petite Abernathy. Et Jason en était attristé, car malgré ce qu'il avait dit à David, il y avait de bons souvenirs. Il se demanda d'ailleurs pourquoi, après avoir fait sa médecine, son frère était revenu dans cette ville moribonde.

Jason monta dans la voiture, mit le contact, attendit que l'intérieur du véhicule se fût réchauffé, puis il se glissa à l'arrière avec Max et lui mit ses nouveaux habits.

— En tout cas, tu n'auras pas à vivre ici, lui dit-il avant de réfléchir à ce qu'il venait de dire.

Il y avait David à considérer, mais Jason pensait pouvoir le convaincre. Son jeune frère ne pouvait pas aimer Amy plus qu'il ne l'aimait lui-même. Et aucun homme au monde n'aimait Max plus qu'il ne l'aimait. Ils passeraient donc leurs vies ensemble.

— Tu veux venir vivre avec moi à New York? demanda Jason au bébé qui mâchouillait les lacets de ses nouvelles chaussures. Je t'achèterai une grande maison à la campagne, et tu auras ton poney. Tu aimerais?

Une fois le bébé habillé, Jason l'installa dans son siège, puis il rejoignit le centre commercial, propre et aseptisé. Comme c'était la veille de Noël, les clients étaient rares, de sorte qu'ils purent se promener tranquillement et faire du lèche-vitrines.

Ces derniers jours avaient été capitaux pour lui. Max et Amy faisaient dorénavant partie de sa vie et il ne voulait sous aucun prétexte se séparer d'eux. Il achèterait une immense maison de campagne près de New York, où vivraient Max et Amy. Cette dernière n'aurait plus jamais à s'occuper de cuisine ou de ménage, car il prendrait le personnel nécessaire.

Ils attendraient son retour, et leur présence le comblerait. Après de longues et dures journées de bureau, il retrouverait Amy, tenant dans ses bras Max dont le menton serait couvert de bouillie.

Il entra brusquement dans un magasin de fournitures de dessin et acheta pour Amy une énorme boîte d'aquarelle, des craies, des crayons et six douzaines de carnets à dessin de qualité supérieure.

— C'est pour quelqu'un qui aime dessiner. À moins que vous n'essayiez d'attirer une fille dans votre lit, dit le tout jeune vendeur, en enregistrant les achats.

— Donnez-moi le ticket que je le signe, lança Jason d'un ton sec.

— Et l'esprit de Noël ? dit le jeune homme sans se laisser démonter.

Une fois sorti du magasin, Jason passa devant une bijouterie et y entra, comme attiré par une force mystérieuse.

— Vous avez des bagues de fiançailles ? demanda-t-il.

Horrifié d'entendre sa voix se casser, il s'éclaircit la gorge.

— Je veux dire… reprit-il.

— Ne vous en faites pas, dit l'homme en souriant. Ça arrive couramment. Si vous voulez bien me suivre.

Jason regarda avec dégoût le plateau de solitaires posé devant lui, puis leva les yeux vers le vendeur.

— Vous avez une chambre forte ?

— Ah, je vois, vous êtes intéressé par notre système de sécurité.

À la manière dont il tenait sa main cachée derrière le comptoir, Jason devina qu'il devait s'apprêter à pousser sur un bouton pour appeler la police.

— Je veux voir les bagues que vous avez dans la chambre forte.

— Je vois.

Jason comprenait que cet imbécile ne voyait rien du tout.

— Je veux quelque chose de beaucoup plus beau que ces bagues-ci. Je veux acheter quelque chose de cher. Compris ?

L'homme resta un moment hébété, puis sourit et disparut dans le fond du magasin. Vingt minutes plus tard, Jason quittait le magasin avec un minuscule écrin dans la poche de son pantalon.

Il ramena Max à la maison pour la tétée de midi. Ni l'un ni l'autre ne reconnut Amy, la tête couverte de morceaux de papier d'aluminium. Max semblait sur le point de pleurer, mais les bras d'Amy lui furent familiers et il s'apaisa.

— Comme c'est adorable, persifla un des jeunes gens avec une moue de dégoût, tandis qu'Amy nourrissait Max, sans exhiber le moindre centimètre de chair.

— Ne le frappez pas, monsieur Wilding, dit Amy sans lever les yeux.

Le jeune homme regarda Jason avec un tel intérêt que celui-ci alla à la cuisine, mais Charles y était toujours et préparait à présent le déjeuner pour tout le monde. Il se réfugia donc dans sa chambre et appela Parker.

Elle mit du temps à répondre, et il se dit que c'était devenu une habitude chez elle. Il lui demanda d'appeler un agent immobilier des environs de New York qui lui faxerait le descriptif des propriétés à vendre.

— Quelque chose qui convienne à un bébé, précisat-il. Et, Parker, je n'ai pas besoin de vous dire de n'en parler à personne, et surtout pas à mon petit frère.

— Non, vous n'avez pas besoin de me le dire.

Jason crut percevoir de l'irritation dans la voix de sa secrétaire. Et, bizarrement, elle raccrocha la première.

Il emmena Max déjeuner en ville. Après le repas, Max dormit dans sa poussette, tandis que Jason achetait des cadeaux pour tout le monde. Pour David, pour son père, pour Amy, il acheta un peignoir et quatre chemises de nuit en coton fermées de haut en bas, et même pour Parker, il prit un stylo. Apercevant un magasin vendant des ustensiles de cuisine, il choisit pour Charles de minuscules moules à glace en forme de fruits. Pour Max, il acheta des marionnettes et un fusil fonctionnant sur batterie et produisant de gigantesques bulles de savon.

Fier de lui, Jason revint avec une voiture pleine de paquets recouverts de papier criard.

Lorsqu'il entra dans la maison, Amy apparut, un Max fatigué et grognon dans les bras, resplendissante. Elle était ravissante dans sa robe bustier de satin ivoire qui mettait en valeur sa prodigieuse poitrine. Elle était somptueuse, oui, mais ressemblait trop à toutes les femmes avec qui il était sorti pendant des années. C'était une femme qui n'avait pas besoin de lui, elle pouvait avoir tous les hommes qu'elle voulait. Et, qui plus est, c'était une femme qui se savait belle.

— Vous n'aimez pas, hein ? fit Amy en riant.

— Si. C'est très bien. Vous êtes sensationnelle, dit-il sans conviction.

— Hmmm, fit un des hommes. Jaloux ?

Jason le foudroya du regard, mais le coiffeur se détourna en riant.

— Ça ne fait rien, dit Amy d'une voix qui trahissait son dépit devant le manque d'enthousiasme de Jason. C'est David qui compte, puisque c'est avec lui que je sors.

— Oooh, le chaton a des griffes, lança le jeune homme.

— Carlos ! l'apostropha son chef. Ferme-la. Laisse les tourtereaux tranquilles.

Jason alla s'effondrer dans le vieux canapé du salon. Tous les autres étaient dans la cuisine, occupés à manger ou ranger. Amy rejoignit Jason.

— Pourquoi n'aimez-vous pas ? demanda-t-elle en se plantant devant lui.

— Je ne sais pas ce qui vous fait dire ça, rétorqua Jason sans abaisser le journal qu'il tenait déployé devant lui. Je vous ai dit que vous étiez superbe. Que voulez-vous de plus ?

— Que vous me le disiez en me regardant. Pourquoi êtes-vous fâché contre moi ?

Elle avait des larmes dans la voix.

Jason abaissa le journal et la regarda.

— Vous êtes superbe, vraiment superbe. Mais je vous préfère au naturel.

Il croyait l'avoir apaisée, mais il n'en était rien, et il se tourna vers Max qui mangeait, assis par terre, une petite boîte en carton.

— Il va en arracher un bout et s'étouffer, dit Amy.

Relevant sa robe de satin, elle sortit de la pièce et laissa Jason.

— Les femmes ! s'exclama-t-il à l'adresse de Max qui lui sourit en dévoilant ses deux petites dents.

David arriva, une demi-heure plus tard, avec un écrin en velours, une douzaine de roses blanches et la limousine de Jason.

— Je savais à quoi ressemblait la robe, dit David. Comme tout le monde d'ailleurs. Et papa et moi avons pensé que des perles iraient bien avec. Ce ne sont pas des vraies, mais elles sont jolies.

Sur ces mots, il ouvrit l'écrin, révélant un collier de perles de six rangs avec un fermoir en jade, entouré de diamants. Jason savait parfaitement que les perles et les diamants étaient vrais et se doutait que le bijou avait coûté très cher à David.

— Je n'ai jamais vu quelque chose d'aussi beau, haleta Amy.

— À côté de toi, elles font pâle figure, répondit David.

Jason réprima un grognement.

— Ne fais pas attention à lui, dit Amy. Il est comme ça depuis son retour. Il trouve que je devrais porter un chapeau de paille et une robe d'indienne.

— C'est sa vision d'Abernathy, répondit David.

— Pour une partie de campagne, ajouta Amy en riant.

David tendit un bras à la jeune femme et ils se lancèrent dans un quadrille.

— À présent, choisissez votre partenaire, lança-t-il avec un timbre de maître de cérémonie.

Amy repoussa l'arrière de sa tenue d'un coup de pied et se laissa entraîner par David.

— Bon, ça suffit, gronda Jason. Assez de gamineries, maintenant filez.

— Oui, partons, David, dit Amy. À neuf heures, je tombe de sommeil.

— Pas quand je suis avec toi, non, dit-il en lorgnant sur son décolleté.

— Ne compte pas faire autre chose après le dîner.

— Je suis un homme affamé.

Amy gloussa.

— Homme, voilà le mot clé, dit Jason. Rappelle-toi qu'Amy est une mère et qu'elle a besoin...

— Vous n'êtes pas mon père, le coupa Amy, et je n'ai pas besoin qu'on me dise...

— Je suis prêt, et toi ? clama David. La limousine attend. On y va ?

— Que se passe-t-il ? demanda David, une fois dans la voiture.

— Je n'en ai pas la moindre idée. M. Wilding et moi nous entendions parfaitement bien, mais depuis l'arrivée des coiffeurs, ce matin, il est insupportable. Il tourne en rond comme un ours en cage, si bien que l'équipe a dû se réfugier dans la cuisine. Charles dit des choses épouvantables sur lui, et...

— Par exemple ? Que dit Charles ?

— Que M. Wilding est passé un jour à côté d'une vache et qu'il l'a aussitôt transformée en steaks congelés. Il dit aussi que M. Wilding peut faire chauffer une bouilloire d'eau rien qu'en la regardant. Et puis d'autres choses. Je ne comprends pas pourquoi il a été si gentil ces derniers jours, et que, aujourd'hui, il soit épouvantable. Si les gens qui sont venus aujourd'hui sont homosexuels, il devrait être aimable avec eux puisqu'il est du même bord.

— Ça ne marche pas toujours comme ça, dit David, faisant un effort pour ne pas rire. Et que dit Charles encore ?

— Oh, que M. Wilding ne transpire pas, qu'il ne sécrète rien, si vous voyez ce que je veux dire, fit-elle en se détournant pour cacher sa rougeur. Ce Charles a vraiment une langue de vipère.

— Et les femmes ? demanda David sur le point d'éclater de rire. Charles a dû parler des femmes de Jason.

— Tu veux dire de ses hommes ?

— Oui, bien sûr. Alors, qu'a dit Charles ?

— Des déesses de marbre. Charles dit que si une femme rotait à côté de lui, M. Wilding mourrait d'apoplexie. Mais, David, ce n'est pas vrai. La nuit dernière, M. Wilding m'a aidée à me soulager d'une migraine. Il est resté très longtemps avec moi, à me masser les tempes jusqu'à ce que je m'endorme.

— Il a fait quoi ? Ne me cache rien.

Quand Amy eut terminé, David la regardait, étonné.

— Je ne voyais pas Jason faisant une chose pareille. Il est…

— Il n'est pas comme tout le monde. Et je ne le comprends pas du tout. Je me fie seulement au jugement de Max, et Max l'adore. Et je crois que M. Wilding adore Max.

13

— Vous êtes vraiment un coquin de la pire espèce, dit malicieusement Amy à Jason qui conduisait. Je ne comprends pas comment vous avez réussi à trouver, dans un délai aussi bref, une femme et des billets pour ce gala. Et quelle femme ! Bien qu'on ne puisse pas dire qu'elle paraisse vous adorer.

— Parker ? Je veux dire Mlle Parker ? Elle m'aime beaucoup. Au cas où vous ne l'auriez pas remarqué, je suis très beau.

— Mmm. Enfin, vous n'êtes pas trop mal, quand vous n'êtes pas de mauvaise humeur. Alors, racontez-moi tout.

— Je ne me teins pas les cheveux, j'ai toutes mes dents...

— Idiot, dit-elle en riant de plus belle. Parlez-moi de Mlle Parker. Que lui disiez-vous pour la faire rire comme ça ?

— Rire ? Je ne me rappelle pas.

— Elle semble un peu trop sérieuse. Mais vous avez dansé ensemble et elle a ri. Je l'ai vue et entendue.

— Jalouse ?

— Si vous ne me le dites pas, je vais...

— Vous allez quoi ?

— Dire à Charles de cesser d'envoyer des plats et c'est moi qui vous ferai la cuisine.

— Vous êtes cruelle. D'accord, je vais vous le dire. Je n'ai fait que lui demander si elle était de ces femmes qui tombent amoureuses de leur patron.

Comme Amy le regardait, intriguée, il poursuivit:

— Certaines femmes se languissent pour leur beau, riche et puissant patron, si bien qu'elles ne se marient jamais et ne fondent pas de famille.

— J'ai vu ça au cinéma, mais jamais en vrai. Il y a quelque chose que je ne comprends pas. Qui est le propriétaire du *Paradis du bébé*?

— Un type que je connais.

— Ahhh, je vois.

— Vous voyez quoi?

— Que vous n'allez pas me le dire. Son patron est superbe?

— À côté de lui, Mel Gibson a l'air d'un gnome.

— J'en doute. Mais, en tout cas, Mlle Parker a trouvé très drôle l'idée qu'elle pouvait être amoureuse de son patron.

— C'est vrai, dit Jason en fronçant les sourcils.

— Et pourquoi cela vous chagrine-t-il.

— Qui a dit que cela me chagrinait?

— Pourquoi ai-je pensé que cela vous chagrinait? fit Amy en levant les bras au ciel. Peut-être parce que, quand elle a ri et quitté la piste de danse, vous êtes resté deux minutes à la foudroyer du regard. J'ai eu peur que ses cheveux ne s'enflamment.

— Ç'aurait été bien fait! Son patron a été bon pour elle, il l'a généreusement payée pendant des années.

— Oh!

— Que signifie ce «Oh!»?

— Rien. Seulement que l'argent ne remplace pas les sentiments.

— Peut-être ne voulait-il pas s'impliquer sentimentalement! Peut-être cherchait-il simplement une assistante compétente!

— Pourquoi cette colère? Combien de temps a-t-elle travaillé pour lui?

— Plusieurs années. Et à ce que je sais, elle travaille toujours pour lui.

— Pas pour longtemps.

— Que voulez-vous dire ?

Il rangea sa voiture à côté de l'Oldsmobile de Mildred, incapable de contrôler sa fureur. La soirée ne s'était pas passée comme il l'avait espéré. Qu'avait-il espéré ? Qu'Amy lui déclare son amour ?

Durant la soirée, il avait essayé de reporter son attention sur Parker et les autres femmes, mais il n'avait eu d'yeux que pour Amy, qui ne semblait pas en être consciente. En revanche, son attitude n'avait pas échappé à David.

— De quoi discutiez-vous avec David ? demanda Amy, tandis qu'il l'aidait à sortir de la voiture, en prenant garde que le bas de sa robe de satin ne touche pas le sol.

Elle était divine, ce soir. Les perles et le satin ivoire lui allaient à ravir. Il sourit en songeant à la bague de fiançailles au fond de sa poche. Peut-être la lui donnerait-il, ce soir.

Mildred les attendait à l'intérieur de la maison, portant un Max agité. Quand le bébé vit sa mère, il se jeta dans ses bras, et ils s'étreignirent comme s'ils avaient été séparés pendant des années.

— Alors, comment ça s'est passé ? chuchota Mildred à l'adresse de Jason.

Amy emmena Max dans sa chambre, de sorte que Mildred et Jason se trouvèrent seuls dans la pièce.

— Bien. Rien de particulier, répondit-il, décidé à ne rien dire à cette pipelette.

— S'il n'y a rien eu de particulier, comment se fait-il que tu ramènes Amy, alors qu'elle est partie avec ton frère ?

— Chut. Amy croit que David et moi sommes cousins.

Mildred le regarda en penchant la tête. Le poids de ses cheveux se déplaça d'un côté, et Jason se dit qu'elle devait avoir un cou extraordinairement musclé pour soutenir une telle masse.

— Tu as pensé à ce que dira Amy, quand elle apprendra que vous l'avez prise pour une imbécile ?

— Ce n'est pas tout à fait ça.

— Ah bon ? Tu ne crois pas qu'acheter un magasin de fournitures pour bébés, puis lui dire que tous ces meubles coûtent deux cent cinquante dollars, ça n'est pas la prendre pour une idiote ?

— Elle l'a cru, c'est tout ce qui compte. Et je compte le lui dire demain.

Mildred émit un long sifflement.

— Joyeux Noël, Amy, dit-elle.

— Vous ne devriez pas rentrer chez vous ?

— C'est toi qui devrais rentrer chez toi. Il n'est pas bien qu'Amy soit impliquée dans ce jeu malsain auquel vous jouez, David et toi.

— Malsain ? Le mot n'est-il pas un peu fort ?

— Alors, Jason, parle-moi donc des hommes de ta vie ?

En réponse, il ouvrit la porte d'entrée et dit :

— Merci de vous être occupée de Max.

— Je t'aurai prévenu, dit-elle.

— Je suis prévenu.

Dès qu'elle fut partie, Amy sortit de sa chambre.

— La voie est libre ? chuchota-t-elle.

— Oui. Vous pouvez sortir.

Elle portait son vieux peignoir et Jason songea à son cadeau au pied de l'arbre.

— Comment va Max ?

— Il dort en ronflant. Il est épuisé, pauvre bébé.

— Je suis comme lui.

— Ah bon. Vous voulez vous coucher ?

— Oui. Je suis claqué, dit-il en bâillant.

— Moi aussi, dit-elle, mais elle ne paraissait pas décidée à se coucher.

— Cela dit, nous pourrions manger du pop-corn devant le feu, et vous me diriez ce qui vous a le plus amusée, ce soir.

— Vous vous occupez du feu. Et moi du pop-corn, dit-elle avant de disparaître dans la cuisine.

En un clin d'œil, Amy et Jason se retrouvèrent assis

devant la cheminée, à commenter leur soirée en s'em-
piffrant de pop-corn.

— Alors pourquoi vous disputiez-vous avec David ?
demanda-t-elle.

— Ne parlons plus de ça. Qu'avez-vous pensé de la
robe de cette blonde ? enchaîna-t-il.

— J'ai pensé qu'elle ferait une bonne mère.

Jason la regarda, consterné.

— Avec une poitrine pareille, elle pourrait produire
beaucoup de lait, expliqua Amy.

— C'est du silicone.

— Et comment le savez-vous ?

— J'ai dansé avec elle, rappelez-vous ?

— Et pourquoi David est-il parti si tôt ? Ne me dites
pas que c'était une urgence.

— Divergence d'opinions.

— Toute la soirée, j'ai eu l'impression que vous
saviez tous quelque chose que j'ignorais, dit Amy en
fixant les flammes.

— C'est Noël et chacun a ses secrets.

— Que ne peut pas partager cette idiote d'Amy.

— Qu'est-ce que vous racontez ?

— Oh, rien. Que chuchotiez-vous avec ma belle-
mère ?

— Vous êtes paranoïaque ou quoi ? Vous vous êtes
bien amusée ? demanda-t-il pour changer de sujet.

— Oui, dit-elle, hésitante.

— Mais ? fit-il, la bouche pleine de pop-corn.

— Il manquait quelque chose.

— Et que pouvait-il bien manquer ? Vous étiez la
plus belle femme de la fête.

— Vous êtes gentil. Non, c'est autre chose. C'est… Pour
commencer, il y avait cette femme dans les toilettes.

— Quelle femme ? Elle vous a dit quelque chose de
méchant.

— Non, en fait, elle a parlé de vous.

— Elle me connaît ? demanda-t-il après un moment
d'étonnement.

— Ce serait un crime ?

— Tout dépend de ce qu'elle sait. Qu'a-t-elle dit ?

— Que vous me briseriez le cœur.

— Ah bon.

— Il vous arrive souvent de briser le cœur des femmes ?

— Chaque jour de la semaine. Et deux fois le dimanche, dit-il, ce qui ne fit pas rire Amy.

— Que me cache-t-on ?

— Que voulez-vous dire ?

Elle enfouit soudain le visage dans ses mains et se mit à pleurer.

— Arrêtez ! s'écria-t-elle. Arrêtez. Je sais que vous ne me dites pas tout. J'ai parfois l'impression que c'est de moi qu'on se moque.

— Cette femme vous a troublée.

— Je vais me coucher, dit-elle en se levant.

Jason la rattrapa par le bras avant qu'elle n'atteigne la porte de sa chambre.

— Pourquoi êtes-vous fâchée contre moi ?

— Parce que vous êtes dans le coup. Ce soir… Oh, vous ne comprendriez pas.

— Laissez-moi tenter ma chance.

— C'était si beau. C'est un cliché, je sais, mais j'étais comme Cendrillon. La pauvre petite Amy Thompkins invitée à un vrai bal. Tout le monde était si beau. Et les bijoux ! Si on avait allumé une seule bougie, l'éclat des diamants aurait illuminé toute la salle. C'était comme un rêve.

Jason la ramena dans le salon et l'assit dans le canapé.

— Et qu'est-ce qui clochait ?

— J'avais l'impression… dit-elle, les yeux pleins de larmes. J'avais l'impression qu'un malheur me menaçait. Oui, c'est ça. J'ai le sentiment qu'il va se passer quelque chose de terrible et que je n'ai aucun moyen de l'arrêter. Tout allait trop bien, ces derniers temps, et ma mère m'a mise en garde contre les événements heureux. Elle dit que nous sommes sur terre pour souffrir et que tout bonheur est l'œuvre du démon.

— Ce n'est pas toujours vrai, dit Jason en prenant sa main et en baisant chacun de ses doigts l'un après l'autre.

— Que faites-vous ?

— Je vous manifeste mon amour.

Elle arracha sa main et essaya de se lever, mais il la retint.

— Laissez-moi ! lança-t-elle d'une voix glaciale.

— Non, fit-il.

Il reprit sa main et en baisa le dos.

— J'ai changé Max et je ne me suis pas lavé les mains, dit-elle.

— Vous savez combien j'aime ce gosse, dit-il sans cesser de l'embrasser.

Amy sourit malgré elle, puis, posant les deux mains sur les épaules de Jason, elle le poussa jusqu'à ce qu'il lui fît face.

— Vous êtes homosexuel, rappelez-vous.

— En fait, je ne le suis pas. David a menti.

Il se remit à lui baiser la main ; Amy le repoussa et le regarda avec une expression qui en disait long.

— Bon, d'accord, fit-il en s'asseyant sur le vieux canapé. David voulait que je reste ici pour garder Max, de façon à pouvoir sortir avec vous. Il est amoureux de vous.

Comme Amy ne réagissait pas, il se tourna vers elle. Elle avait une expression étrange.

— Continuez, dit-elle.

— Pour éviter tout batifolage entre nous, David vous a dit que j'étais homosexuel.

— Je vois. C'est donc ça ?

— Plus ou moins.

Il se baissa pour prendre son verre d'eau et en but une grande rasade.

— Vous vous battez donc tous les deux pour moi ? demanda-t-elle.

— Eh bien, en fait… Enfin, oui, c'est vrai. J'étais censé tenir Ian Newsome éloigné, mais je…

— Vous quoi?

— Je suis tombé amoureux de vous et de Max, avoua-t-il en fixant le feu.

Il n'avait jamais déclaré son amour à une femme. Presque toutes celles qu'il connaissait à New York auraient répondu en sortant une calculette pour chiffrer la part de sa fortune qui leur revenait. Comme Amy ne disait rien, il se tourna vers elle. Son visage ovale était pâle et elle regardait droit devant elle.

— En quoi m'avez-vous encore menti? murmura-t-elle.

— Rien d'important.

Si elle lui déclarait son amour maintenant, alors qu'elle ne connaissait pas l'étendue de sa fortune, il saurait qu'elle l'aimait simplement pour lui-même. Il comprit soudain que sa vie entière dépendait de cet instant.

— Je vous aime, Amy. Je vous aime, Max et vous, et je veux que vous m'épousiez. D'où la fureur de David. Il vous voulait pour lui, et a menti pour que je m'installe chez vous, mais Max… Max m'a tout de suite séduit. Il m'a adopté, et vous savez combien je l'adore, et je veux…

— Oh, taisez-vous et embrassez-moi.

Quand Jason se tourna et vit qu'elle souriait, il crut être libéré de ce terrible poids.

La prenant dans ses bras, il la porta dans la chambre d'amis, afin de pouvoir entendre son fils s'il se réveillait. Notre fils, corrigea Jason. Sa femme, son fils, sa famille.

— Je t'aime, Amy, dit-il. Avec toi, je me sens bien. Je suis heureux que tu aies besoin de moi.

Quelque chose dans ce qu'il disait gênait Amy, mais elle n'aurait su définir quoi, car pour le moment elle était incapable de penser. Il lui embrassait le cou et les épaules.

Il y avait si longtemps qu'elle n'avait pas été touchée par un homme. Elle mourrait plutôt que de salir la mémoire de son défunt mari, mais, vers la fin de sa vie, Billy était ivre presque toutes les nuits. Jason, quant à lui, était sobre et sain, et tellement beau. Ses longs doigts la caressaient d'une manière tellement sensuelle. Sans cesser de l'embrasser, il fit glisser son peignoir, puis sa vieille chemise de nuit. Ses mains couraient sur ses seins.

— C'est bon, dit-elle en fermant les yeux.

Il glissa les mains entre ses cuisses.

— J'aime, dit-elle d'une voix rêveuse. Ça a un nom.

— Prélude, fit-il en souriant. Tu aimes ?

— Oh oui. Encore, je t'en prie.

— Je te donnerai tout ce que j'ai, dit-il en baisant ses seins.

Quand il entra en elle, Amy haleta, car, pour la première fois de sa vie, elle était prête.

— Oh, mais c'est délicieux, soupira-t-elle.

Jason rit et roula sur le dos, l'entraînant au-dessus de lui.

— Maintenant, c'est à toi de travailler.

C'était manifestement pour Amy une expérience nouvelle, et son expression enchanta Jason.

— Une mère vierge, chuchota-t-il, les mains sur les hanches de la jeune femme pour la guider.

— N'arrête pas, chuchota-t-elle avant d'exploser et de s'effondrer, rompue et comblée, contre lui.

Se sentant aussi invulnérable que devait se sentir Max sur son sein, elle se pelotonna contre lui. Jason tira le drap sur eux, et ils s'endormirent dans les bras l'un de l'autre.

Réveillée par un bruit sourd, Amy se dressa sur son séant. Craignant que Max soit tombé, elle bondit de son lit et le trouva endormi dans son nouveau berceau, le derrière en l'air et de la bave au coin des lèvres. Elle lui essuya la bouche, remonta la couverture et retourna dans la chambre de Jason pour prendre sa chemise de nuit, jetée au pied du lit. Elle l'enfila sans le réveiller.

Amy baisa le front de Jason, mit son vieux peignoir et se rendit dans le salon, où l'attendait, au pied de l'arbre illuminé, une impressionnante pile de cadeaux.

Elle regarda les étiquettes des paquets et lut: « Père Noël ».

— David, murmura-t-elle, se reprochant la manière dont elle l'avait traité au bal.

Complètement réveillée, elle alla dans la cuisine se préparer une boisson chaude. La nuit était le seul moment, quand Max était endormi, où elle pouvait réfléchir. Tandis que l'eau chauffait, elle sortit une tasse et un sachet de thé. N'importe quelle femme au monde aurait adoré ce bal, mais elle s'y était ennuyée. C'était beau, bien sûr, et tout le monde était superbe, mais elle n'avait qu'une envie: rentrer chez elle avec Max et Jason.

À ce bal, tout le monde se connaissait, et tout le monde connaissait le docteur David qui avait été accaparé une grande partie de la soirée. Amy en avait profité pour s'attabler avec une boisson non alcoolisée et penser aux derniers jours. Elle n'avait jamais été aussi heureuse. Chaque minute avait été une aventure. Depuis que David était entré chez elle avec son superbe cousin homosexuel, sa vie avait été bouleversée.

M. Wilding, ou Jason, comme elle l'appelait en secret, possédait, semblait-il, une baguette magique avec laquelle il réglait tout. Elle ne serait pas surprise de découvrir, en se réveillant un matin, que le toit de la salle à manger avait été réparé.

Et il venait de lui déclarer son amour, de lui avouer qu'il n'était pas homosexuel, et que... Oh, elle ne pouvait pas se rappeler tout ce qu'elle avait entendu ou éprouvé, ce soir. Elle savait seulement que ce bal avait changé sa vie.

Quand l'eau frissonna, elle la versa sur le sachet de

thé, ajouta du lait, puis alla dans le salon admirer l'arbre de Noël. Maintenant, elle pouvait sourire en se rappelant ce qu'elle avait ressenti en voyant Jason entrer au bras de cette superbe rousse. Si on lui avait donné un fusil à cet instant-là, elle aurait tiré sur Mlle Cherry Parker. Mieux encore, elle les aurait tués tous les deux.

Quand Jason et cette femme les rejoignirent à leur table, elle ne manqua pas d'être surprise par l'animosité de David, d'habitude si affable. Les deux hommes échangèrent aussitôt à voix basse des propos qu'Amy ne put entendre.

Pour empêcher Mlle Parker, plus proche de Jason, de saisir ce qu'ils se disaient, Amy décida d'engager la conversation avec elle. Prenant une profonde inspiration, elle se pencha vers cette somptueuse rousse.

— Et que va devenir le *Paradis du bébé* ? demanda-t-elle.

— Le *Paradis du bébé* ?

— Où vous travaillez. C'est là que je vous ai vue, non ?

— Oh oui, bien sûr.

Les deux hommes cessèrent un instant de se disputer, et Mlle Parker se tourna vers Amy :

— Que m'avez-vous demandé ?

— Que va devenir le magasin, maintenant que toute la marchandise a été vendue ? Vous aurez toujours du travail ?

— Oh oui, répondit la jeune femme, les yeux rivés sur les deux hommes.

— Ah bon, vous aurez donc du travail, dit Amy d'une voix forte pour retenir son attention.

— Du travail ? Oh oui. Le propriétaire a beaucoup de sociétés.

Elle se tourna alors carrément vers les deux hommes qui avaient recommencé à se disputer.

— Je vois, dit Amy plus fort encore. Où allez-vous travailler ? À Abernathy ?

— À New York, répondit la femme, sans quitter des yeux ses voisins.

— Ah, ça ne m'étonne pas. Vous avez tout d'une citadine. Vous avez déjà vu un tracteur, mademoiselle Parker ?

— Madame Thompkins, dit la jeune femme en se tournant vers Amy, j'ai grandi dans une ferme de l'Iowa. À douze ans, je conduisais une moissonneuse-batteuse, parce que je mesurais déjà presque un mètre quatre-vingts et pouvais atteindre les pédales. À seize ans, je faisais quotidiennement la cuisine pour vingt-trois ouvriers agricoles affamés. Et, dites-moi, madame Thompkins, combien de vaches avez-vous aidées à vêler ?

Amy répondit par un petit sourire, avant de s'excuser et de s'éclipser aux toilettes. Ça lui apprendrait à faire la chipie. Mieux vaut m'en tenir à ce que je sais faire, se dit-elle, sans bien savoir quels étaient ses talents.

Dans les toilettes, elle fit une rencontre des plus étranges. Une femme se refaisait une beauté. À la vue d'Amy, elle sursauta. C'est la robe, se dit cette dernière. On n'en voyait pas de telles, tous les jours, dans le Kentucky. Mais lorsqu'elle sortit du cabinet, la femme était toujours là et semblait l'attendre. Amy avait la main sur la poignée de la porte, prête à fuir, lorsque l'inconnue l'interpella :

— Alors, vous accompagnez Jason Wilding ?

Amy prit une profonde inspiration et se redressa avant de se retourner.

— Pas vraiment. J'accompagne le docteur David, son cousin. C'est Mlle Parker qui est avec Jason.

— Ah ? Ce n'est pas ce que j'ai vu et entendu. À ce que je sais, David et Jason se battent pour vous. Ils sont donc tous les deux amoureux de vous ? demanda la femme en détaillant Amy des pieds à la tête.

La question la fit sourire, et elle décida de retourner se laver les mains, toujours suivie par son interlocutrice.

— Oh oui, répondit-elle. Ils veulent se battre en duel pour moi. Demain, à l'aube, avec des pistolets. Ou peut-être choisiront-ils l'épée.

— Je pencherai pour des scalpels et des téléphones mobiles, rétorqua l'inconnue en se tournant vers le miroir.

Amy rit et décida que, après tout, cette femme n'était pas une prédatrice, comme elle l'avait d'abord cru.

— Et pourquoi pas des fax contre des photocopieuses couleur ?

— Ou votre modem contre le mien, rétorqua la femme en souriant à Amy dans la glace. La robe que vous portez, ajouta-t-elle après une pause, vous l'avez achetée dans le coin ?

— Je l'ai gagnée à un concours. Elle est de chez Dior et vient d'une boutique de New York.

— Ah bon, je vois. Un concours.

Amy avait de nouveau envie de partir, mais elle était comme hypnotisée.

— Vous connaissez M. Wilding ? demanda-t-elle.

— Le docteur David ?

Amy avait le sentiment que la femme la taquinait.

— Jason.

— Ah, ce M. Wilding. Je l'ai rencontré. Comment le connaissez-vous ?

— Il vit avec moi.

L'air choqué de l'inconnue fit sourire Amy.

— Vous vivez avec lui ? Vous n'êtes pas mariés ?

— Vous ne le connaissez pas très bien, s'esclaffa Amy.

Elle aurait adoré dire à la femme que Jason était homosexuel, mais d'un autre côté, elle était ravie de lui laisser croire qu'elle avait séduit un si bel homme.

— Je me demande si vous le connaissez bien vous-même. D'ailleurs que peut-il bien faire dans un endroit pareil ?

— Jason Wilding est ici parce que cela lui plaît, parce qu'il est heureux dans la région.

L'inconnue rangea son rouge à lèvres et regarda Amy d'un air amusé.

— Je ne sais pas ce qui se passe, mais un homme comme Jason Wilding ne fréquente pas une soirée minable parce que ça le rend heureux. Jason Wilding ne fait que ce qui lui rapporte de l'argent. Il est le seul homme de cette planète à avoir un cœur en or massif.

— Je ne sais pas de quoi vous parlez. Jason, M. Wilding, vit chez nous, parce qu'il n'a nulle part où aller et personne avec qui passer Noël.

L'inconnue rit.

— Ma sœur était comme vous. Elle a eu pitié de Jason Wilding et l'a hébergé, et il l'a remerciée en... Oh, vous semblez ne pas croire un mot de ce que je dis, je vais donc vous faire envoyer quelque chose.

— Non, merci, dit Amy, pincée, tandis que la femme sortait un minuscule portable de son sac et composait un numéro.

Sans attendre, Amy se précipita vers sa table avec l'intention de parler de l'inconnue à Jason ou à David, mais il n'y avait plus personne.

— À quoi m'attendais-je ? prononça-t-elle à voix haute. Qu'ils s'inquiètent de mon absence ?

— Moi, j'étais inquiet et je ne vous connais même pas, dit un homme qui se tenait tout près d'elle. Quel beau... collier, ajouta-t-il en regardant son décolleté. Elles sont vraies ?

— Oui, répondit-elle, en cherchant toujours des yeux David et Jason.

— Voulez-vous danser ? À moins que votre cavalier n'en meure ?

— Oui, son cavalier en mourrait, répondit Jason derrière elle.

— À trois, sortez vos portables et composez un numéro ! dit-elle.

L'homme la regarda, médusé, sans pouvoir comprendre l'allusion, puisqu'il n'avait pas assisté à l'entretien avec la femme dans les toilettes. Jason la prit par le bras et l'entraîna sur la piste de danse.

— Où diable étiez-vous ? Comment va Max ?

— C'est à moi de poser la question, puisque c'est à vous que je l'ai confié ?

— Mildred s'en occupe. Qui était cet homme et que vous disait-il ?

— Que mes perles sont belles.

— Vous avez bu ?

— Non, j'ai rencontré deux femmes piranhas. En tout cas, j'ai survécu aux deux attaques. Et maintenant, je prendrais bien un verre.

— Amy... Que se passe-t-il ?

— En dehors du fait que mon cavalier m'a abandonnée ? Que ma nounou homo a confié mon enfant à quelqu'un d'autre pour aller au bal avec une femme d'une beauté à faire pâlir les tulipes ? Et qu'une inconnue dans les toilettes...

— Les tulipes ? Pourquoi les tulipes ?

— Je les aime. Pourquoi êtes-vous ici ?

— J'observe.

Il la tenait dans ses bras, et elle devait admettre que c'était délicieux.

— Comment avez-vous obtenu des entrées pour ce bal ? chuchota-t-elle, la tête contre son épaule.

— C'est une longue histoire.

Ils dansèrent au son de vieilles mélodies, car on ne jouait pas de rock au bal des Sonneurs. De retour à leur table, ils trouvèrent un mot de David disant qu'il ramenait Mlle Parker et demandant à Jason de s'occuper d'Amy. C'était un mot acerbe et Amy s'en voulut d'avoir négligé son cavalier.

— Rentrons à la maison, d'accord ? lui proposa Jason.

À la façon dont il avait prononcé le mot maison, Amy faillit pleurer.

Assise sur le canapé, face à l'arbre de Noël illuminé, elle se demandait à présent qui de Jason ou de David avait joué au Père Noël et déposé sous l'arbre tous ces cadeaux.

Comme il faisait frais dans la pièce, elle replia les jambes sous elle et passa ses mains autour de sa tasse encore chaude. Son locataire n'était pas homosexuel, et ils avaient fait l'amour, et c'était le premier Noël de son fils. Se levant, elle prit une profonde inspiration, s'étira et décida de retourner au lit et de réveiller Jason et… Enfin…

En se dirigeant vers la chambre, elle aperçut sur le sol, près de la porte d'entrée, une grosse enveloppe brune. Ce doit être le bruit que j'ai entendu, se dit Amy, se demandant aussitôt qui avait bien pu déposer une lettre à deux heures du matin, le jour de Noël.

Elle la ramassa, bâilla, et s'apprêta à la déposer sur la table au pied cassé, mais la curiosité l'emporta.

— Probablement un annonceur pàrticulièrement offensif, murmura-t-elle en l'ouvrant.

Les papiers qu'elle en sortit ressemblaient à des photocopies d'articles de journaux. Elle lut les titres : « Un chef d'entreprise ferme sa nouvelle affaire », « Wilding achète tout ! ».

— Wilding ? prononça-t-elle tout haut, pensant aussitôt à David.

Mais qu'avait fait David pour qu'on lui consacre des articles ? Au quatrième article, le nom de Jason lui vint à l'esprit.

Elle emporta le paquet dans la cuisine, remit la bouilloire sur le feu pour se préparer une autre tasse de thé et se plongea dans la lecture des documents.

Il était quatre heures du matin quand elle termina, et elle ne fut pas surprise de voir Jason en pantalon de smoking dans l'embrasure de la porte.

— Viens te coucher, dit-il d'une voix engageante, mais Amy ne bougea pas. Qu'est-ce qui ne va pas ? demanda-t-il sans conviction.

— Tu es très riche, n'est-ce pas ?

Jason se dirigeait vers la bouilloire, mais il s'arrêta à la vue des articles étalés sur la table. C'étaient des fax. Quelqu'un à Abernathy s'était donc fait envoyer ces informations.

— Oui, dit-il.

Il se servit une tasse de thé. Quand il se tourna vers Amy, elle avait une expression qu'il ne lui avait jamais vue.

— Écoute, Amy, pour la nuit dernière…

— Ce qui s'est passé, la nuit dernière, n'est pas important, mais les mensonges qui y ont conduit le sont au plus haut point.

— Je n'avais pas l'intention de mentir. Au début, c'était tout à fait innocent, mais…

— Continue. J'aimerais entendre ça. On m'a dit que tu étais homosexuel, ce qui s'est révélé un mensonge, mais j'ai pardonné. J'admets, bien sûr, que c'était dans mon intérêt de pardonner. On m'a dit que tu avais besoin d'un foyer pour passer Noël, ce qui était également un mensonge. D'après ce que je viens de lire, c'était un gros mensonge. Et tu sors certainement avec des femmes éblouissantes.

— Amy…

Il voulut la toucher, mais elle leva les mains pour lui signifier de s'en garder.

Jason s'assit en face d'elle.

— D'accord, j'ai menti. Mais quand je t'ai dit que je t'aimais, ce n'était pas un mensonge.

— Après cette déclaration, je devrais te tomber dans les bras et vivre avec toi un bonheur sans fin.

— C'est la conclusion que j'ai en tête, dit-il, le visage illuminé par un sourire.

Amy ne souriait pas.

— Qui est Mlle Parker ? demanda-t-elle.

— Ma secrétaire.

— Oh, je vois. Et c'est elle qui s'est chargée du mobilier à deux cent cinquante dollars.

— Oui.

— Et le concours pour la robe ? demanda-t-elle, le regard fixé sur les articles. C'est elle aussi ?

— Oui.

— Je vois que tu as été très occupé. Le Père Noël devrait en prendre de la graine.

— Écoute, Amy, au départ, je voulais simplement rendre service à mon frère, et…

— Frère ? fit-elle en levant la tête. David ? Ah oui, bien sûr. Que je suis bête. Vous avez bien ri de la pauvre veuve et de son orphelin de fils ?

— Non, Amy, crois-moi, ça ne s'est pas passé comme ça. Tu devrais écouter mes explications.

— Bon, raconte, fit-elle, s'adossant, les bras croisés, à son siège.

Jason avait gagné beaucoup d'argent dans sa vie. S'il remportait la mise, tant mieux, s'il perdait, c'était aussi bien. Seul, le jeu l'amusait. Mais le résultat de cette « rencontre » lui importait plus que tout.

— Mon frère, David, croyait être amoureux de toi. Je dis croyait, parce que, la nuit dernière, j'ai mis les choses au point avec lui. De toute façon, il trouve que Max est un affreux tyran.

— Max ? Un tyran ?

— Je ne connaissais pas l'âge de Max en acceptant le pari de David…

— Un pari ? J'étais l'enjeu d'un pari ?

— Non, pas du tout, dit-il en évitant son regard. Je t'en prie, Amy, laisse-moi t'expliquer.

Elle fit un geste de la main et il reprit :

— David voulait que je fasse la nounou pour Max, afin que tu sois plus disponible pour lui. Il a parié que je ne m'en sortirais pas. C'est tout. Et il a dit que j'étais homosexuel, pour que tu m'acceptes chez toi. C'est aussi simple que cela.

— Je vois. Et le mobilier ? Et la robe ?

— Tu en avais besoin, c'est pourquoi, euh, j'ai arrangé…

Il s'arrêta, gêné par son regard glacial.

— Je vois, répéta-t-elle, le visage crispé.

— Non, Amy, je ne pense pas que tu voies. Je suis tombé amoureux de toi.

— Donner directement à des pauvres, quelle satisfaction ce doit être !

— Tu n'y es pas du tout. C'était peut-être vrai au début, mais les choses ont changé. J'en suis venu à vous aimer tous les deux, Max et toi.

— Et que comptes-tu faire de nous maintenant ?

— Je veux t'épouser.

— Bien sûr. À quoi pensais-je ? Tu ne m'aurais pas, par hasard, acheté une grosse bague avec des diamants ?

Jason fut tenté de mentir, mais opta pour la vérité.

— Oui, dit-il simplement. Un énorme diamant.

— Logique. J'imagine que tu as également organisé notre avenir.

Jason ne répondit pas. Il la regardait, assise de l'autre côté de la table couverte de coupures de presse le concernant. Il avait une idée de la personne qui les lui avait envoyées. Au bal, il avait aperçu la sœur d'une femme qu'il avait fréquentée. Après être sortis ensemble pendant quelques semaines, ils s'étaient quittés, amis. Plusieurs mois après, elle l'avait relancé, mais il l'avait éconduite, le plus gentiment possible, provoquant sa fureur. Elle avait alors juré de se venger et Jason se demandait si la femme qui l'avait froidement dévisagé, la nuit dernière, n'avait pas transmis tous ces documents à Amy.

— Laisse-moi deviner, poursuivit Amy. Tu comptes acheter pour Max et moi une énorme maison aux environs de New York et y passer les week-ends. Peut-être y viendras-tu en hélicoptère. Et tu nous ouvriras des comptes partout pour que je puisse m'acheter autant de tenues que je voudrai chez Dior. Et Max pourra avoir les jouets et les habits les plus beaux. Tout ce qu'il y a de plus beau pour ta famille, n'est-ce pas ?

Jason ne voyait rien à redire au tableau qu'elle peignait.

— Ça me convient, ajouta Amy avec un sourire. Si on buvait du thé pour fêter ça ?

— Oui. S'il te plaît. Je veux bien.

Amy se leva lentement, emplit la bouilloire et ouvrit plusieurs boîtes pour trouver des sachets de thé.

Mais Jason était tellement soulagé qu'il ne prêta pas attention à ce qu'elle faisait.

— Que dirais-tu d'une maison d'été dans le Vermont ? disait-il. Avec des arbres fruitiers en espalier.

— Formidable, dit Amy d'une voix plate.

Mais elle savait qu'il ne l'écoutait pas. Il était dans son rêve de vie idyllique avec une femme et un fils aimants qu'il irait retrouver quand il en aurait le temps.

— Voilà, dit-elle avec un sourire.

Il voulut prendre sa main pour l'embrasser, mais elle la retira et s'assit en face de lui.

— Tu as vu *Pretty Woman* ?

— Non.

— C'est l'histoire d'un homme d'affaires, un milliardaire, qui tombe amoureux d'une prostituée.

— Amy, si tu insinues que je te prends pour une…

— Non, laisse-moi finir. Le film a eu beaucoup de succès, et tous mes amis l'ont adoré, mais…

— Pas toi.

— Si, mais c'est plutôt la suite que j'avais du mal à imaginer. Qu'arriverait-il dans cinq ans, quand ils se disputeraient et qu'il lui reprocherait sa roublardise ? Et leur différence d'éducation et de fortune ?

— Continue. Où veux-tu en venir ?

— Bois ton thé avant qu'il ne soit froid. Nous sommes, toi et moi, comme le couple de ce film. Tu as tout fait, tu t'es tout prouvé.

— Je ne crois pas…

— Si, c'est vrai.

— Amy, tu es ravissante, et…

— Et les femmes n'ont rien à prouver, c'est ça ?

— Ce n'est pas ce que je voulais dire.

— Écoute, dit-elle en se penchant vers lui. Si je partais avec toi, tu me traiterais comme le personnage joué par Richard Gere aurait traité la jeune femme jouée par Julia Roberts.

— Quoi ? fit Jason en se frottant les yeux.

À présent que la crise était passée, il se sentait gagné par le sommeil. Pourquoi les femmes voulaient-elles toujours discuter en pleine nuit ?

— Nous pourrions en parler demain matin ?

— Pourquoi crois-tu que j'ai refusé la charité ? demanda-t-elle sans paraître l'avoir entendu. Tout le monde me connaît comme la veuve de l'ivrogne, mais je voulais prouver que je n'étais pas que ça. Je ne veux pas que Max soit connu comme le fils de l'ivrogne. Et je veux encore moins qu'il soit connu comme le fils du milliardaire.

— Je ne suis pas milliardaire, se défendit Jason.

La pendule au-dessus du fourneau marquait cinq heures et il avait du mal à garder les yeux ouverts.

— Amy, ma chérie, si nous parlions de tout ça demain matin, ajouta-t-il en se levant.

La prenant par la main, il la conduisit dans la chambre, lui retira son peignoir et écarta les draps. Quand elle fut couchée, il se glissa à côté d'elle et la prit dans ses bras.

— Demain, nous discuterons de tout ça, c'est promis. Je t'expliquerai tout, et nous parlerons de tous les films que tu veux. Mais pour l'instant, je…

Il bâilla à se décrocher la mâchoire.

— … maintenant, je… t'aime…

Il dormait déjà.

— Je t'aime, moi aussi, chuchota Amy. En tout cas, je le crois, mais dans l'immédiat, j'ai des obligations plus importantes que mon amour pour un homme. Je suis la mère de Max, et je dois d'abord penser à lui.

Jason ne répondit pas.

Voyant qu'il dormait à poings fermés, Amy rejeta les couvertures avec colère et se leva.

— Pour être père, il faut davantage qu'un hélicoptère privé, dit-elle en le foudroyant du regard.

Elle alla chercher un vieux sac marin dans le placard de l'entrée et revint dans la chambre. Puis, sans réfléchir à ce qu'elle faisait, elle le remplit de vêtements.

— Pour être père, Jason Wilding, poursuivit-elle à mi-voix, il faut être éducateur autant que pourvoyeur de fonds. Et que lui apprendrez-vous ? À s'acheter tout ce qu'il veut ? À conquérir le cœur d'une femme en lui racontant des histoires ? À effacer tous ces mensonges par un « je t'aime » ? Jason Wilding, ajouta-t-elle en se penchant au-dessus de son visage, je ne vous aime pas. Je n'aime pas votre façon d'utiliser votre argent pour embobiner les gens. Vous nous avez traités avec mépris, moi, Max et, en fait, la ville entière.

Pour toute réponse, il se tourna et continua à dormir.

S'écartant, elle le considéra un moment et comprit soudain ce qu'elle devait faire.

— Max et moi ne sommes pas à vendre. Maintenant, je vais partir, mais ne me cherchez pas, parce que même si vous me trouvez, vous ne pourrez pas m'acheter.

Sur ces mots, elle tourna les talons et entra dans la chambre de son fils.

14

Un an plus tard

— M. Evans demande à vous voir, monsieur, annonça Mme Hucknall.

Jason acquiesça sans se retourner et continua de regarder Manhattan par la baie vitrée. Trente étages plus bas, les voitures et les gens paraissaient des jouets. Pourquoi continuer à payer des détectives privés ? Douze mois plus tôt, il en avait engagé un, sans aucun résultat. Depuis ils se succédaient à un rythme effréné. Il avait tout essayé, depuis des individus louches dont les réclames promettaient de retrouver n'importe quel mari volage jusqu'à des retraités de Scotland Yard. Mais personne ne parvenait à retrouver cette femme et son petit garçon.

Il n'y avait aucun élément sur lequel on pouvait baser les recherches, lui répétait-on.

Et c'était vrai. La maison où Amy avait grandi ayant brûlé une semaine après la mort de sa mère, toutes les photos d'elle étaient parties en fumée. Mildred avait pris des clichés de son petit-fils, mais sa belle-fille n'y apparaissait pas.

Les détectives assuraient qu'il lui suffisait d'aller trouver le premier juriste venu pour changer de nom, ce qui lui permettrait d'aller n'importe où aux... États-Unis.

Il entendit quelqu'un pénétrer dans la pièce, mais il ne se donna même pas la peine de se retourner.

Comme le nouveau venu se raclait la gorge pour signaler son arrivée, il pivota sur son siège pour accueillir M. Evans, le détective qu'il venait d'engager.

— Que fais-tu là ? lâcha-t-il, surpris, en voyant David.

— Attends ! répondit son frère, alors que Jason s'apprêtait à appuyer sur un bouton pour appeler sa secrétaire. Je ne te demande que cinq minutes.

Jason retira son doigt de la sonnette.

— Cinq minutes, pas plus. Dis ce que tu as à dire et va-t'en.

— J'ai toujours détesté tes bureaux, dit David sur le ton de la conversation, en arpentant le bureau de long en large. Ils sont tellement froids, tout ce verre et ces tableaux ! Qui les choisit pour toi ?

— Plus que quatre minutes.

— Tu veux voir les photos de mon mariage ?

Jason lui jeta un regard furieux. Un an plus tôt, après le départ d'Amy et de Max, les deux frères avaient failli se tuer. David avait reproché à son aîné d'avoir jeté la jeune femme à la rue, sans aucun moyen de subsistance, sans ami ni famille, sans aide d'aucune sorte.

De son côté, Jason avait accusé son frère d'être responsable de cette situation.

À peine réveillé, Jason avait fait rechercher Amy. Mais une femme voyageant seule avec un bébé était par trop banal ; personne ne les avait remarqués.

Le fait que Parker ait pris le parti de David n'avait fait qu'aggraver le désaccord entre les frères. La fidèle secrétaire de Jason, qui avait été son bras droit pendant des années, s'opposait pour la première fois à son employeur et lui disait son fait.

— Je ne m'étonne pas qu'elle vous ait quitté, avait-elle dit. Vous n'avez pas de cœur, Jason Wilding. Les gens ne sont pour vous que des marchandises à acheter ou à vendre. Parce que vous me donnez un salaire élevé, vous croyez pouvoir me traiter comme si je n'étais pas un être humain. Parce que vous aviez acheté un mobilier pour la chambre du bébé d'Amy, vous pensiez qu'elle tomberait à vos pieds et vous en serait éternellement reconnaissante. Les gens comme vous suscitent la cupidité. Influencée par votre attitude, j'étais avide d'argent, jusqu'à ce que je me méprise. Mais je veux retrouver ma dignité, c'est pourquoi je vous présente ma démission.

Rien au monde ne pouvait surprendre davantage Jason que la désertion de Parker. Il pensait ne plus entendre parler de cette traîtresse, mais ce fut loin d'être le cas, car trois mois plus tard, il reçut une invitation au mariage du docteur David Wilding avec Mlle Cherry Parker.

Jason, qui aurait soulevé des montagnes pour retrouver Amy et Max, considéra ce mariage comme l'ultime trahison. La vue de son frère lui était dorénavant insupportable. Si David n'avait pas menti en l'appelant au chevet de leur père à l'agonie... S'il ne s'était pas cru amoureux d'une veuve avec un bébé... Si Jason n'était pas tombé dans le piège désastreux de David...

— Que veux-tu ? demanda Jason.

— Le mariage change un homme. Je veux que tu viennes passer Noël avec nous. Cherry est une excellente cuisinière.

— Elle a une belle cuisine, on peut le dire, fit Jason, se rappelant la facture qu'il avait reçue pour l'adjonction d'une fabuleuse cuisine dans la maison de son père.

Charles, son chef, l'avait quitté pour se lancer dans la commercialisation d'aliments pour bébés gastronomes. Jason aurait dû se réjouir d'apprendre que l'affaire n'était pas un succès, mais il avait de la peine pour son ancien cuisinier. L'arrogance de Charles n'était guère appréciée des banquiers, et il avait eu toutes les peines du monde à trouver des financements.

— Tu l'as toujours en travers de la gorge ? lança David. Je te la rembourserai, cette foutue cuisine. Je ne sais pas comment, mais j'y arriverai. Que veux-tu de nous ? Qu'attends-tu de la vie ? Crois-tu que si tu retrouves Amy, elle acceptera de vivre dans ta cage dorée ? Elle ne veut pas d'une prison, si belle soit-elle. Ne peux-tu pas le comprendre ? Ne peux-tu pas nous pardonner ?

Jason regardait fixement son frère. Comment expliquer que, l'espace de quelques brèves journées, il avait été heureux ? Banalement heureux. Durant la période où il avait été avec Amy et Max, il avait pris un immense plaisir à s'activer pour eux, à les écouter, à rire avec eux. Amy avait le don de…

Pour ne pas devenir fou, il devait cesser de penser à elle. Mais il ne se passait pas un jour sans qu'il ne songe à Max. Il devait déjà marcher, peut-être même parler.

Ou peut-être pas. Amy et Max étaient peut-être morts. Il y a de tels monstres dans le monde et…

— Je vois que tu ne renonces pas, dit David en se levant. C'est ce qui fait ta force. Et ta faiblesse. Écoute, c'est la veille de Noël et je dois retourner à la maison. Je voudrais que tu viennes avec moi, et…

— J'ai des engagements.

Ce soir, il donnait une réception dans son appartement, il se soûlerait au champagne, et demain il ne se réveillerait pas seul.

— J'aurai essayé, dit David en se dirigeant vers la porte. Si tu as besoin de nous, tu sais où nous trouver.

Face au visage fermé de son frère, il haussa les épaules, puis, la main sur la poignée de la porte, il ajouta :

— Je sais que tu pleures toujours Amy et Max, mais il y a d'autres femmes dans le monde. Il y a même d'autres enfants.

Comme Jason ne répondait pas, David poussa un soupir et quitta le bureau.

Jason appela sa secrétaire.

— Appelez Harry Winston et faites-moi envoyer une sélection de bagues de fiançailles.

— De fiançailles ? s'étonna Mme Hucknall.

— Oui ! fit-il d'un ton sec avant de raccrocher.

15

— Jason chéri, roucoula Samantha en se frottant contre lui. Ta soirée est un vrai succès. Je n'ai jamais vu autant de gens connus dans une pièce.

Assis dans un fauteuil, Jason buvait en silence ce qui devait être sa cinquième coupe de champagne et promenait le regard sur ses invités. Ils étaient en effet riches, célèbres et beaux. Les femmes avaient cet éclat que donnent des heures de préparation dans des instituts de beauté. Leur peau et leur chevelure brillaient grâce aux cosmétiques dont le coût excédait les ressources cumulées de plusieurs pays.

— Qu'est-ce que tu as ? demanda Samantha, en plissant le front.

Comme le reste de son visage, il avait été lifté. Cette femme paraissait trente ans, mais Jason n'aurait pas été surpris d'apprendre qu'elle en avait soixante.

— Pourquoi me regardes-tu comme ça ? demanda-t-elle, assise sur le bras de son fauteuil, mettant en évidence ses longues jambes minces et musclées.

— Je m'interrogeais sur ton âge.

Samantha faillit s'étrangler, et la colère marqua ses joues parfaitement maquillées.

— Tu es de mauvaise humeur, ce soir, hein ? dit-elle, les lèvres pincées. Pourquoi ne vas-tu pas parler à tes invités ? Ah, je sais ce qui t'égaierait, ajouta-t-elle, le visage soudain illuminé. Si je te donnais ton cadeau de Noël maintenant ?

— J'ai suffisamment de cravates. Je ferais mieux de rester avec mes invités, dit-il en la regardant avec un petit sourire.

Manifestement blessée, elle se leva et s'éloigna. Jason n'aurait su dire s'il en était soulagé ou s'il se sentait encore plus seul. Maudit David! se répéta-t-il. Jusqu'à ce que son frère vienne lui parler de mariage et de famille, il allait plutôt bien. Cette visite, la veille de Noël et le jour anniversaire de la disparition d'Amy, lui avait porté sur le moral.

Prévoyant une soirée difficile, il avait décidé, pour chasser ses sombres pensées, d'organiser une fête. Pour ce faire, il avait fait appel à un décorateur connu, qui, dut admettre Jason, s'était surpassé. Le décor blanc et argent était magnifique et, à la lueur des bougies, les cristaux scintillaient de mille feux.

La nourriture était exquise. En tout cas, c'est ce qu'on avait dit au maître de maison; pour sa part, il n'avait touché qu'au champagne.

Si tout dans sa vie était si merveilleux, pourquoi était-il si malheureux?... Évidemment, il avait perdu une femme qu'il croyait aimer, mais les ruptures n'étaient-elles pas le pain quotidien de tant d'autres? Et, un an plus tard, était-il toujours aussi inconsolable?

S'il avait le moindre bon sens, il ferait ce que tout le monde lui conseillait: abandonner l'idée de retrouver cette femme et son petit garçon. Un des détectives lui avait même dit: «Si j'avais votre fortune, je ne me mettrais pas martel en tête pour une femme; je les achèterais toutes.» Jason avait instantanément renvoyé l'individu et essayé de chasser ses paroles de son esprit.

Mais à présent, en regardant ses invités évoluer dans ce magnifique appartement, elles lui revinrent. «... je les achèterais toutes.» N'était-ce pas plus ou moins ce qu'avait dit Amy? Que Jason cherchait à s'acheter une famille?

Il fit signe au serveur de remplir sa coupe et continua d'observer ses convives. Durant l'année qui venait
de s'écouler, il avait fait son possible pour oublier cette
dernière nuit avec Amy. Douze mois à refuser d'y penser. Un an sans décolérer. Si seulement elle l'avait
écouté... Si elle avait considéré son point de vue à
lui... Si elle avait attendu le matin pour discuter...

Jason vida sa coupe et se la fit remplir à nouveau.
Mais ce soir, bien qu'il fût dans un cadre tout différent
et que le gigantesque arbre de Noël dressé dans le coin
du salon ne ressemblât en rien à celui qu'Amy et lui
avaient décoré, il avait l'impression d'être avec elle.

Les images se bousculaient devant ses yeux, jusqu'à
lui masquer la pièce bondée. Il se rappelait Amy riant,
Amy le taquinant, Amy surexcitée devant les meubles
de Max.

Pour la première fois depuis la fuite d'Amy, il se
demanda pourquoi il ne l'avait pas écoutée.

Levant la tête, il regarda autour de lui. Personne ne
faisait attention à lui. Non, ils étaient trop occupés à
manger et à boire pour penser à leur hôte, seul dans
son coin.

Je deviens fou, se dit-il. Pendant toute une année, il
n'avait pas eu un instant de paix. Il avait essayé de
vivre, mais n'y était pas parvenu. Il était sorti avec des
femmes superbes, et aujourd'hui il avait même songé à
demander à Samantha, la dernière en date, de l'épouser. Peut-être le mariage lui permettrait-il d'oublier. S'il
avait un enfant à lui, peut-être...

Qu'avait dit David ? Il y a « d'autres enfants ». Pour
Jason, il n'y en avait qu'un : Max.

Mais il avait perdu cet enfant, parce qu'il avait...
parce qu'elle était partie à cause de lui.

— Jase, viens avec nous, l'invita un homme assis à
sa droite.

Jason reconnut le P.-D.G. d'une des plus grosses
sociétés du monde. Il était venu à cette soirée, parce
qu'il craignait d'être licencié, et espérait trouver un

poste auprès de son hôte. En vérité, chacun des invités présents attendait quelque chose de lui.

Jason secoua la tête et se détourna. Amy était partie parce qu'il voulait la mettre dans une maison et l'y laisser. Il avait voulu lui prendre sa liberté.

La vérité était dure. Et s'il avait réussi à persuader Amy de l'épouser, où serait-il, ce soir?

Il serait ici, car il aurait continué à considérer les P.-D.G. comme des gens importants.

Et où serait Amy? Il connaissait la réponse. Il l'aurait obligée à être présente. Il lui aurait dit qu'elle était tenue, en bonne épouse, d'assister à ses soirées d'affaires et de l'aider à gagner de l'argent.

L'argent, se dit-il en regardant l'assistance. L'éclat des pierreries était aveuglant. Il n'avait pas compris un mot de ce qu'Amy avait dit, cette nuit-là, mais à présent il comprenait.

« D'autres enfants », avait dit David. « D'autres enfants ».

S'il ne pouvait pas avoir Max et Amy, il pouvait peut-être faire autre chose dans la vie que de gagner de l'argent.

— D'autres enfants, dit-il à haute voix.

Instantanément, Samantha s'approcha de lui, et Jason la regarda comme s'il ne l'avait jamais vue. Il sortit de sa poche l'énorme saphir et le lui tendit.

— Oh Jason chéri, j'accepte. Avec joie.

Avec ostentation, elle passa les bras autour de son cou, mais Jason la prit doucement par les poignets et l'écarta.

— J'ai été un salaud, dit-il, et je le regrette. Tu sais, je ne crois pas être l'homme qu'il te faut. Mais je veux que tu aies cette bague. Porte-la et sois heureuse. Malheureusement, ajouta-t-il, je dois quitter cette soirée. Je viens de me rappeler une obligation.

Sur ces mots, il lui tourna le dos et gagna l'entrée.

— Vous sortez, monsieur? demanda Robert, son maître d'hôtel.

— Oui, répondit Jason, tandis que le domestique lui présentait son manteau.

— Et pour quand dois-je annoncer votre retour ?

— Je ne pense pas revenir. Veillez à ce que personne ne manque de rien.

— Très bien, monsieur.

Robert tendit à son patron le téléphone portable, dont il ne se séparait jamais. Jason le prit et le regarda comme s'il ne l'avait jamais vu. Puis il le jeta dans la poubelle et se dirigea vers la porte.

— Monsieur ! s'exclama Robert, perdant pour la première fois son sang-froid. Et s'il y a une urgence ? Si on a besoin de vous, où peut-on vous joindre ?

— Je dois m'entretenir avec quelqu'un qui sait ce que c'est que de perdre un enfant, dit Jason en s'arrêtant. Vous connaissez cette petite église sur la 68ᵉ Rue ? J'y serai.

Le maître d'hôtel le regarda sortir, éberlué.

16

Un an plus tard

Le président des... États-Unis d'Amérique serait heureux d'assister à l'inauguration du nouveau centre-ville d'Abernathy, Kentucky. Il me charge d'exprimer l'intérêt tout particulier que lui inspire la fresque des Mille et Une Nuits de la bibliothèque municipale, ces contes lui étant particulièrement chers.

En lisant la lettre, Jason faillit pousser un cri de joie, mais lorsqu'il arriva à la lecture du deuxième paragraphe, où le secrétariat de la présidence demandait une confirmation des dates de la cérémonie, son enthousiasme laissa la place à la panique.

— Mais c'est... Il vérifia la date sur sa montre, puis regarda le calendrier sur son bureau pour avoir confirmation de ce qu'il venait de voir.

— Doreen!!! hurla-t-il à pleins poumons.

Quelques minutes plus tard, sa secrétaire entrait nonchalamment dans son bureau.

— Oui? fit-elle, en posant sur lui un regard morne.

Jason avait appris depuis longtemps que rien au monde ne pouvait ébranler la suffisance de Doreen. Pas de panique, se dit-il. Mais un coup d'œil au sceau présidentiel sur la lettre et son calme s'évanouit. Sans un mot, il lui tendit la lettre.

— C'est bien, non? Je vous avais dit que je le ferais venir. Nous avons des relations, Cherry et moi.

Jason se prit la tête dans les mains et essaya de compter jusqu'à dix. Il parvint à huit, un record.

— Doreen, dit-il calmement. Regardez les dates. Dans combien de jours le Président doit-il arriver ?

— Il vous faut un nouveau calendrier ? demanda la secrétaire, perplexe.

Doreen ayant dépensé six mille dollars en fournitures de bureau, Jason avait dû fermer le compte, et loin de lui l'idée d'en rouvrir un.

— Non, je peux regarder sur un de ceux qui sont sur mon bureau. Doreen, pourquoi le Président vient-il dans six semaines alors que l'inauguration est prévue dans six mois ? Et pourquoi croit-il que les fresques de la bibliothèque illustrent les *Mille et Une Nuits*, alors qu'on a demandé au peintre de travailler à partir de comptines.

— Des comptines ?

Pour se calmer, Jason prit une profonde inspiration. Il aurait voulu tuer son frère.

David avait une nouvelle fois réussi à embobiner son aîné. Doreen était la sœur de Cherry Parker, et David avait supplié Jason de l'engager pour l'aider à superviser la reconstruction du centre-ville d'Abernathy. À l'époque, Jason avait accepté, parce que Parker lui manquait et qu'il n'avait jamais trouvé à la remplacer.

Mais Doreen était aussi inefficace et désorganisée que sa sœur était parfaite. Trois heures après son entrée en fonction, Jason avait voulu la renvoyer, mais Parker, qui était enceinte, s'était mise à pleurer, ce qui avait déconcerté Jason, car il ne se doutait pas qu'elle en fût capable.

— Garde-la quelques jours, avait supplié David. Cherry a une grossesse difficile, et Doreen est sa seule parente. Après tout, tu es assez bon pour te passer de secrétaire.

Flatté, Jason s'était laissé persuader.

C'était il y a huit mois. Aujourd'hui, Parker était toujours enceinte, pleurant pour un rien, et Jason essayait toujours de former Doreen. Elle comprenait tout de travers. Elle n'hésitait pas à acheter six boîtes de trombones rouges et douze douzaines d'agendas. « Au cas où nous en manquerions », expliquait-elle. Pour aggraver les choses, elle s'était mis en tête de l'aider à oublier Amy.

— Des comptines, dit Jason d'une voix lasse. Vous connaissez *Humpty-Dumpty*, *Little Miss Muffet*, ce genre de chose. Pour les illustrer, nous avons engagé quelqu'un qui doit commencer lundi. Il va lui falloir trois mois pour décorer toute la bibliothèque, mais le Président vient dans six semaines. Et il s'attend à voir les *Mille et Une Nuits*, et non des comptines.

Doreen le regardait, les yeux écarquillés. Elle était ravissante mais d'une beauté inexpressive, avec d'immenses yeux qu'elle soulignait de noir, ce qui les faisait paraître plus grands encore, et une masse de cheveux blonds et crépus. À Abernathy, tous les hommes se retournaient sur son passage.

— Doreen, demanda Jason d'un ton pressant. Où le président des États-Unis a-t-il pris l'idée que nous faisions des fresques à partir des *Mille et Une Nuits* ?

— De celui qui a découvert le monde et qui accompagnait les Chevaliers de Robin des Bois.

Jason prenait parfois plaisir à essayer de saisir la logique de Doreen. L'homme qui a découvert le monde, Robin des Bois et des Chevaliers ? Tous ces personnages tournoyaient dans son esprit. Ce fut le nom de Colomb qui lui donna la clé de l'énigme.

— Les Chevaliers de Colomb, murmura-t-il.

Comme Doreen levait les yeux au ciel, l'air exaspéré par sa lenteur, il sut qu'il avait vu juste.

Les Chevaliers de Colomb participaient au financement de la restauration de la vieille bibliothèque d'Abernathy, et leur nom avait manifestement frappé Doreen. Il était curieux de savoir par quel détour elle était passée des Chevaliers de Colomb aux *Mille et Une Nuits*.

— Qu'est-ce qui vous a fait croire que les fresques illustreraient les *Mille et Une Nuits* ? demanda-t-il.

— M. Gables, soupira Doreen, aime la princesse Caroline, et comme elle est là-bas, c'est évidemment ce qu'elle souhaiterait.

Il fallut un moment à Jason pour suivre son raisonnement. M. Gables possédait l'animalerie locale, qui jouxtait le bâtiment où se réunissaient les Chevaliers de Colomb, et la princesse Caroline vivait à Monaco, que Doreen confondait avec le Maroc, pays qu'elle assimilait aux *Mille et Une Nuits*.

— Je vois, dit Jason. Et l'intérêt que porte M. Gables à la princesse vous fait penser que les fresques de la bibliothèque devraient illustrer les contes des *Mille et Une Nuits* plutôt que des contes de fées.

— Ce serait mieux que *Humpty-Dumpty*, et, en plus, le Président ne va pas venir pour voir la Petite Bergère.

Jason dut admettre qu'elle n'avait pas tout à fait tort.

— Voyez-vous, Doreen, dit-il, le problème c'est qu'un homme vient de Seattle pour peindre les fresques et il arrive demain. Il travaille depuis un an sur les cartons, et…

— Oh, si c'est tout ce qui vous inquiète, je m'en occupe, dit-elle avant de quitter la pièce. Tenez, dit-elle en revenant, quelques minutes plus tard. C'est arrivé il y a deux semaines.

Jason fut d'abord tenté de la réprimander pour avoir laissé traîner le courrier pendant deux semaines avant de le lui remettre, mais il décida d'économiser son énergie et de lire la lettre en question. S'étant cassé le bras droit, disait-elle, le peintre serait indisponible pendant au moins quatre mois.

— Vous n'allez pas vous remettre à crier ? dit Doreen. Ce n'est jamais qu'un bras cassé. Il se remettra.

— Doreen, dit Jason en se levant, soulagé d'être séparé d'elle par un bureau, ce qui lui évitait de l'étrangler. Dans six semaines, le président des États-Unis vient visiter une ville dont les travaux ne seront pas finis avant des mois, et il veut voir des fresques qui ne sont pas encore commencées, et je n'ai pas de peintre, acheva-t-il en criant.

— Ne criez pas. Ce n'est pas à moi d'engager des peintres.

Sur ces mots, elle tourna les talons et sortit.

Jason s'assit si lourdement que le siège faillit s'effondrer sous lui.

— Pourquoi ai-je abandonné mes affaires ? marmonna-t-il, se rappelant combien, dans le passé, il était efficace et organisé.

En revenant à Abernathy, il avait tenté d'emmener une partie de son personnel, mais la plupart s'étaient moqués de lui.

— Quitter New York pour le Kentucky, s'était esclaffé son maître d'hôtel. Non, merci.

Et ce fut l'attitude de tous ceux qui avaient travaillé pour lui. Aussi était-il retourné seul dans sa ville natale.

Jason regardait les photos de Max bébé qui couvraient la partie droite de son bureau. Depuis deux ans, il ne savait plus rien d'eux. C'était comme si la terre les avait engloutis. Il ne lui restait que ces photos que Mildred lui avait données, et avait mises dans des cadres en argent. Rien que le meilleur pour son Max.

Il considérait toujours cet enfant comme le sien. Ce qui ne faisait qu'aggraver sa solitude, car personne n'avait de compassion pour quelqu'un qui s'était entiché d'une femme et d'un enfant qu'il ne connaissait que depuis quelques jours.

— Oublie-les ! avait dit son père. Ma femme est morte. Elle m'a laissé, elle n'avait pas le choix, mais cette fille t'a abandonné et depuis elle n'a pas donné signe de vie. Tu devrais comprendre qu'elle ne voulait ni de toi ni de ton argent, c'est pourquoi elle a déguerpi.

— Mon argent n'a rien à faire là-dedans, avait dit Jason.

— Ah bon ? Alors pourquoi dépenses-tu une fortune à payer une bande de fouineurs pour la trouver ? Si elle n'était pas à vendre quand elle était ici, qu'est-ce qui te fait croire que tu puisses l'acheter quand elle n'y est pas ?

Jason ne put rien répondre car, face à son père, il avait toujours l'impression d'être un gamin de neuf ans.

David s'était montré encore moins compréhensif que son père. Il avait inventé, pour guérir son aîné, de lui présenter d'autres femmes.

— Parade nuptiale dans le Kentucky, avait-il annoncé.

Jason n'avait aucune idée de ce que son frère avait bien pu manigancer, jusqu'à ce que des jeunes femmes célibataires, divorcées ou envisageant de divorcer, se pressent à sa porte avec toutes sortes de plats et de bocaux.

— J'ai pensé que vous aimeriez mes cornichons, roucoulaient-elles. L'année dernière, j'ai gagné une médaille à la foire régionale.

Trois semaines après son arrivée, la cuisine de Jason était pleine de toutes sortes de pickles, confitures et chutney. Son réfrigérateur était rempli en permanence de gâteaux et de plats divers.

— Elles me prennent pour un homme ou pour un cochon à l'engraissage ? demanda Jason à son frère, un soir.

— Un peu des deux. C'est le Kentucky, tu sais. Écoute, grand frère, tu devrais sortir avec l'une d'entre elles. Vivre en un mot et cesser de pleurer ce que tu ne peux pas avoir.

— Oui, sans doute, mais... Elles ne vont pas essayer de me mettre en bocal pour me présenter à la foire ?

— Peut-être, dit David en riant. Je te conseille de commencer par Doris Miller. Sa spécialité est le gin.

— D'accord. Je vais essayer. Mais...

— Je sais. Amy et Max te manquent. Mais tu dois retrouver le goût de vivre. Il y a beaucoup de femmes par ici. Regarde-moi. J'étais fou d'Amy, et puis j'ai rencontré Cherry, et…

Il s'arrêta, car Jason ne s'était pas encore remis de la perte de sa superbe secrétaire.

Jason avait sorti bon nombre de femmes, et toutes, sans exception, étaient tombées amoureuses de son argent.

— Ça t'étonne ? lui avait dit sa belle-sœur. Tu es célibataire, riche et beau. Il est évident qu'elles veulent t'épouser.

Jason aimait mieux Cherry comme secrétaire que comme parente.

Il était inutile de lui rappeler que son principal atout était son compte en banque.

— Tu l'as mise sur un piédestal, avait ajouté Cherry d'un ton exaspéré qui lui était devenu naturel.

Elle avait beaucoup grossi et elle supportait très mal son état. D'ailleurs, le médecin lui avait prescrit de rester allongée jusqu'à la fin de sa grossesse.

— Amy Thompkins est très gentille, mais elle n'a rien d'extraordinaire. Il y a beaucoup d'Amy autour de toi ; il te suffit de les trouver.

— Mais elle ne voulait pas m'épouser, avait soupiré Jason.

Cherry avait levé les bras au ciel.

— Tu ne t'intéresses donc qu'à celles qui ne veulent pas t'épouser ? Si c'est là ta logique, tu devrais être follement amoureux de moi.

— Je peux te garantir que ce n'est pas le cas.

— Va me chercher quelque chose à boire, avait ordonné Cherry en lui jetant un oreiller. Et mets-y de la glace. Beaucoup de glace ; et ensuite trouve-moi la télécommande. Seigneur, cet enfant va-t-il se décider à naître ?

Jason était sorti de la chambre en courant.

Revenu à Abernathy depuis près d'un an, il avait, lui semblait-il, sorti toutes les femmes du Kentucky, quelques-unes du Tennessee et même deux du

Mississippi. Mais aucune ne l'intéressait. Il pensait toujours à Amy et à Max. Où étaient-ils ? À quoi ressemblait Max ?

— Amy doit bien avoir six hommes qui se battent pour elle, avait dit Mildred Thompkins, le mois précédent. Elle a le don de les attirer et ils ne savent pas quoi faire pour lui faire plaisir. Toi-même, tu as tout laissé tomber pour l'aider.

— Je n'ai rien laissé tomber, je...

Beaucoup de gens jugeaient nobles ses efforts pour sauver sa ville natale, mais ses proches, à Abernathy, n'y voyaient qu'une manifestation de son amour pour une femme.

Quelle que fût la vérité, l'image qu'on se faisait de lui ne lui plaisait guère, et il s'était à maintes reprises promis de retirer de son bureau les photos de Max et de se décider enfin à faire son choix parmi les nombreuses femmes qu'il avait fréquentées.

Mais pour le moment, il avait d'autres priorités. Le président des... États-Unis allait venir sous peu à Abernathy pour voir des fresques des *Mille et Une Nuits*, et Jason n'avait même pas de peintre. Par habitude, il souleva le téléphone pour demander à Doreen de contacter Mildred, mais sachant que sa secrétaire lui demanderait quelle Mildred, il composa lui-même le numéro qu'il connaissait par cœur. Quand elle répondit, il ne prit pas la peine de se nommer.

— Vous connaissez un type dans le coin qui peindrait des fresques racontant les *Mille et Une Nuits* dans la bibliothèque et qui le ferait vite ?

— Oh ? C'est à moi que tu le demandes ? Tu demandes ça à une pauvre femme d'Abernathy ? Qu'est-il arrivé à ton grand peintre ?

Jason soupira. Le reste du monde le considérait comme un saint, mais les habitants de sa ville natale trouvaient que ce qu'il faisait ici était ce qu'il aurait dû faire depuis longtemps, et qu'il devrait même en faire davantage.

— Vous savez très bien que le peintre en question est considéré comme le meilleur du pays et un des plus grands du monde. Je voulais ce qu'il y a de mieux pour cette ville, et…

Il marqua une pause, le temps de se calmer.

— Écoutez, je n'ai pas besoin d'une dispute ce matin.

— Qu'a encore fait Doreen ?

— Elle a invité le Président avec six mois d'avance et changé le sujet des fresques.

Mildred émit un sifflement.

— C'est ce qu'elle a fait de mieux ?

— Non. Elle ne peut pas faire mieux que le jour où elle a fait livrer le dîner le lendemain de la soirée où j'avais trois cents invités. Ou quand elle a envoyé le nouveau mobilier en Amérique du Sud. Ou quand elle…

— Cherry a accouché ?

— Non, dit Jason la mâchoire serrée. Elle a onze jours de retard, mais David prétend qu'il y a peut-être une erreur de date, et…

— Qu'est-ce que c'est que cette histoire de fresques ? le coupa-t-elle.

Il lui exposa rapidement le problème. Mildred lui avait été précieuse cette dernière année à Abernathy. Elle y connaissait tout et tout le monde, et rien ne lui échappait.

— Ne mets pas ces deux hommes dans le même service, lui avait-elle dit, un jour qu'il lui demandait son avis sur l'organisation de sa nouvelle équipe. Leurs femmes couchent ensemble et les hommes se détestent.

— Leurs femmes… ! s'était exclamé Jason. Dans le Kentucky ?

— Ne prends pas tes airs supérieurs, pas avec moi.

— Leurs femmes ?

— Parce que nous parlons lentement, tu nous prends pour des demeurées ?

Si bien que, dorénavant, dès que Jason avait un problème, il appelait Mildred.

— Vous connaissez quelqu'un, oui ou non?

— Peut-être. Mais je ne sais pas si cette personne sera… disponible.

— Je paierai le double.

— Jason, mon chéri, quand apprendras-tu que l'argent ne peut pas résoudre tous les problèmes?

— Alors que veut-il? Le prestige. Le Président admirera son œuvre. Et si l'on considère les changements qui ont lieu à Abernathy, dans deux cents ans, les fresques seront toujours là. Quoi qu'il demande, je paierai.

— J'essaierai. Je ferai de mon mieux et dès que je sais quelque chose, je t'appelle.

Après avoir raccroché, Mildred réfléchit quelques instants. Malgré les remarques qu'elle lui faisait sur son argent, elle savait que Jason n'était pas le même que celui qui était arrivé à Abernathy, un an plus tôt. Il était revenu dans sa ville natale, prêt à jouer les Père Noël et était persuadé que tout le monde tomberait à ses pieds. Au départ, il comptait garder ses distances avec les habitants de la ville. Mais les problèmes s'étaient multipliés, et il avait dû s'impliquer vraiment.

À la consternation générale, pensa Mildred avec amusement. Il n'y avait pas un ouvroir, un club de lecture, une réunion paroissiale de la région où on ne se demandât ce qui résulterait du retour de M. Jason Wilding à Abernathy.

Mais, se dit Mildred avec un sourire de plus en plus large, Jason conservait toujours les photos de Max sur son bureau et continuait à parler d'Amy comme s'il l'avait vue une semaine plus tôt.

Mildred posa la main sur le téléphone. N'était-ce pas une coïncidence que Jason eût désespérément besoin d'un peintre et qu'elle en connût justement un capable de peindre des fresques?

— Coïncidence, si on veut! fit-elle en soulevant le combiné.

C'était elle en effet qui avait convaincu Doreen de lui

donner l'adresse du peintre de Seattle, Mildred lui avait alors écrit pour l'informer qu'on n'avait plus besoin de lui. Puis elle avait envoyé une lettre à Jason disant que l'artiste s'était cassé le bras. Le fait que Doreen ait mis deux semaines à donner la lettre à Jason ne faisait qu'arranger les affaires de Mildred.

Elle composa un numéro qui était gravé dans sa mémoire, puis retint son souffle. Et si elle n'avait pas besoin de travail pour l'instant ? Et si elle refusait ? Et si elle en voulait toujours à Jason, à David et à tous les habitants d'Abernathy pour lui avoir joué un tour ? Et si elle avait un petit ami ?

Quand on décrocha à l'autre bout de la ligne, Mildred prit son courage à deux mains et dit :

— Amy ?

17

Une fois dans l'avion, Amy se cala dans son fauteuil, s'emmitoufla dans son manteau de cachemire et ferma les yeux. Max s'était enfin endormi, ce qui lui laissait un moment de tranquillité.

Malgré cela, elle était bien trop excitée pour dormir. Elle allait revoir Jason.

Elle repensa à cette horrible nuit où elle s'était enfuie. Elle avait su rester noble et romanesque. Elle avait su dire non à l'amour de cet homme, à son argent, et avait refusé de mener sa vie comme un scénario de film !

Amy remonta la couverture sur Max, qui s'était découvert en gigotant. Elle voyageait en classe affaires, de sorte qu'elle n'avait pas à tenir un gros garçon de deux ans et demi sur ses genoux pendant tout le vol.

Elle se réinstalla confortablement, ferma les yeux et essaya de dormir, mais elle voyait toujours le visage de Jason. Elle prit donc l'épais portefeuille qui se trouvait dans son sac, l'ouvrit et parcourut de nouveau les articles. Durant les deux dernières années, elle avait rassemblé tout ce qui avait été écrit sur Jason Wilding.

Il avait vendu la plus grande partie de ses affaires pour devenir ce que le *Forbes Magazine* appelait le plus jeune philanthrope d'Amérique. Et la ville d'Abernathy, Kentucky, en était la principale bénéficiaire.

Amy relut un article relatant comment Jason Wilding avait transformé la pauvre petite bourgade exsangue et mourante en une ville prospère. Il avait commencé par investir massivement dans la société d'aliments pour bébés, Charles et Cie qui était en difficulté.

L'article racontait avec humour comment, pour lancer ces nouveaux produits à l'échelle nationale, Wilding avait donné quatre millions de dollars à une minuscule agence de publicité d'Abernathy. Jusqu'à l'arrivée de Jason, cette dernière n'avait fait que la promotion des entreprises de la région dans des journaux locaux. Mais à la surprise générale, ajoutait l'article, elle avait fait du bon travail. Qui oublierait le spot télévisé avec le bébé au visage dégoûtant? Ou celui où l'on voyait une maîtresse de maison confectionner des canapés en vidant des pots d'aliments pour bébés Charles et Cie sur des crackers?

La campagne publicitaire porta ses fruits, et Charles et Cie fut citée parmi les sociétés dont la croissance avait été la plus rapide du pays. Et maintenant l'affaire s'ouvrait à l'international. Qui aurait pensé servir du bœuf stroganov à un nourrisson?

Tous ces plats étaient fabriqués et mis en pots à Abernathy, Kentucky, procurant des milliers d'emplois à une ville dont le chômage touchait cinquante-deux pour cent de la population en âge de travailler.

D'autres articles évoquaient moins les faits que les motivations de Wilding. «Qu'attend-il?» se demandait-on. Pourquoi un homme abandonnerait-il tant pour gagner si peu? Le bruit courait même que Jason Wilding ne possédait même pas une action de Charles et Cie, mais personne ne le croyait.

Amy posa les articles et ferma les yeux. Comment réagirait-elle en le revoyant? Avait-il été changé par ces deux dernières années? Pratiquement rien n'avait été écrit sur sa vie privée, aussi savait-elle seulement qu'il n'était toujours pas marié.

Dors, s'ordonna-t-elle, comme si elle pouvait faire taire son esprit.

Comme cela ne marchait pas, elle sortit son cahier de croquis et se mit à dessiner. Il faisait froid dans l'avion.

Mildred lui avait dit que Jason voulait quelque chose sur les *Mille et Une Nuits*, aussi Amy s'était-elle documentée sur le sujet.

— Tu peux le faire, lui avait dit Mildred. Et tu peux supporter de revoir Jason. Il est toujours amoureux de toi et de Max.

— Je n'en doute pas, dit Amy. Mais il ne s'est pas donné beaucoup de mal pour me trouver.

— Amy, il…

— Écoutez, l'interrompit la jeune femme, il n'y avait rien entre nous, il me considérait simplement comme un cas social. Il aimait tellement jouer au Père Noël avec moi qu'il a décidé de le faire avec toute la ville. Lui a-t-on déjà dressé une statue ?

— Amy, tu ne comprends pas. Il n'a pas la vie facile ici. Tu devrais connaître Doreen.

— D'accord. Mais rappelez-vous que je ne compte pas rester plus de trois semaines à Abernathy.

— Très bien. Comme tu voudras. Tout ce que je te demande, c'est de m'amener mon petit-fils. Tu ne peux pas être assez cruelle pour refuser à une grand-mère…

— D'accord ! Je viendrai. Il sait que c'est moi qui viens ?

— Non. Il croit que personne ne sait où tu es. Alors, dis-moi, comment va mon petit-fils ?

— Il est passé directement de la station assise à la course. Mildred, n'essayez pas de me donner mauvaise conscience, je vous en supplie.

— Je suis pourtant assez bonne pour ça, tu ne trouves pas ?

— Championne, dit Amy en souriant.

Amy retournait donc à Abernathy et allait revoir l'homme qui la hantait depuis deux ans. Mais elle savait qu'elle avait bien fait d'abandonner Jason. Peut-être n'avait-il pas changé, peut-être essayait-il toujours d'acheter tout ce qu'il voulait, mais elle-même était devenue une autre femme. Elle n'était plus l'innocente petite Amy attendant qu'un homme vienne la prendre en charge.

À présent, deux ans après ce matin de Noël, elle s'étonnait encore du courage dont elle avait fait preuve, courage inspiré par la peur d'un avenir sans liberté. Elle avait entrevu une vie où elle-même, Max et les enfants qu'elle mettrait encore au monde seraient avalés par la machine qu'était Jason Wilding.

Elle avait donc quitté Abernathy en car et rejoint New York, où elle avait appelé une amie qu'elle avait connue au lycée et n'avait jamais perdue de vue. Elle la présenta dans une maison d'éditions où Amy montra ses dessins. Une fois engagée pour illustrer des livres pour enfants, son amie l'aida à trouver un appartement et quelqu'un pour s'occuper de Max. Les perles données par David furent bien sûr d'un grand secours. Amy avait été étonnée de découvrir qu'elles étaient vraies, et l'argent qu'elle en tira servit à meubler l'appartement et à payer quatre mois de loyer.

Elle s'était bien débrouillée, se félicita-t-elle. Elle n'était ni riche ni célèbre, mais elle était financièrement indépendante. Et Max était heureux. Il allait dans une garderie trois jours par semaine, et Amy passait tout son temps libre avec lui.

Entre son travail et Max, elle n'avait pas de temps pour les hommes. Elle passait souvent le week-end avec sa directrice de collection, son mari Alec et leur fille. Alec jouait volontiers avec Max, ce qui ravissait l'enfant. Il lui faudrait bientôt songer de nouveau aux hommes, se dit-elle, mais pas tout de suite.

Elle crayonna en hâte quelques idées pour les fresques.

Quand l'avion atterrit, son cœur battait la chamade. Elle réveilla doucement Max, qui commença à geindre, mais voyant qu'ils se trouvaient dans un endroit nouveau, la curiosité l'emporta. Une fois dans l'aérogare, elle eut toutes les peines du monde à l'empêcher de grimper sur le tapis à bagages.

Comme l'avait promis Mildred, une voiture et un chauffeur les attendaient pour les conduire chez elle.

Mais Amy avait sa petite idée.

— Nous allons descendre ici, dit-elle au chauffeur, au moment où il allait s'engager dans la rue principale d'Abernathy. Dites à ma belle-mère que nous serons chez elle dans une heure environ.

Elle voulait voir les transformations dont parlaient les articles. Tenant Max par la main, elle descendit lentement la rue.

Elle pensait découvrir un minuscule New York avec des boutiques de Versace et des galeries d'art. Mais il n'en était rien. Jason s'était contenté de faire réparer et repeindre ce qui existait, et avait supprimé certaines modernisations malheureuses. D'une certaine façon, on avait l'impression, en traversant la ville, de reculer dans le temps – sans que cela ressemblât à un décor de théâtre.

Abernathy était une ville en pleine santé avec des gens affairés et des entreprises prospères. Amy marchait doucement, tandis que Max se tordait dans tous les sens pour regarder.

Il s'arrêta brusquement devant un magasin, manquant de faire trébucher sa mère. Dans la vitrine étaient exposés des moulins et un ventilateur pour les faire tourner. Pour Amy, ce n'étaient que des moulins, mais pour un enfant habitué à des jouets compliqués et bruyants, ils étaient merveilleux.

— Bon, entrons, dit-elle.

Le visage de Max s'illumina et quelques minutes plus tard, ils ressortaient, l'enfant tenant dans une main un moulin d'un bleu étincelant et dans l'autre un emballage de bonbon. Il avait la bouche déformée par un énorme morceau de chocolat que lui avait donné le marchand. Amy souriait, heureuse.

Au bout de la rue, se trouvait la bibliothèque d'Abernathy, devant laquelle étaient garés plusieurs pick-up. La porte d'entrée était ouverte et des ouvriers entraient et sortaient.

Amy prit une profonde inspiration. Elle allait bientôt revoir Jason ; elle le sentait. Bien qu'elle ait passé peu de temps avec lui, chaque coin de rue le lui rappelait. C'est là que nous avons acheté une paire de chaussures pour Max. C'est là que Jason m'a fait rire. C'est là que...

— On rentre ? demanda-t-elle à Max. C'est ici que maman va travailler.

Max fit oui de la tête, puis regarda son moulin qu'une brise faisait tournoyer.

Amy rassembla son courage et s'engagea dans l'escalier, Max à côté d'elle. Dans les premières minutes, la pénombre l'empêcha de rien discerner, mais une fois ses yeux accoutumés, elle vit que les ouvriers avaient pratiquement fini. Ils retiraient les échafaudages, laissant des murs de plâtre blanc, prêts pour ses fresques. Elle supposa qu'elle aurait à décorer la partie encadrant le bureau d'accueil. Il y avait également dans la zone de lecture un grand mur vide, probablement destiné à recevoir la fresque principale.

Comme elle réfléchissait à la façon d'intégrer ce qu'elle avait prévu de peindre, un homme émergea du fond de la salle, suivi d'une jolie blonde. Reconnaissant Jason, Amy recula de façon à se fondre dans l'ombre. Il regardait des plans, et la femme se tenait à ses côtés, silencieuse et l'air ravi.

De l'endroit où elle se tenait, Amy pouvait l'observer sans être vue. Il paraissait un peu vieilli ; les plis qui encadraient sa bouche étaient plus profonds. À moins que ce ne fût un effet de la lumière.

Il était plus beau encore que dans son souvenir.

Lorsque la blonde aux formes généreuses se pencha vers lui, Amy eut envie de lui arracher les cheveux.

— Mais je n'en ai pas le droit, murmura-t-elle pour elle-même.

Max leva vers elle un regard interrogatif. Elle lui caressa la tête, et lui sourit, puis se tourna vers l'homme qui se tenait à quelques mètres d'eux.

Amy se dit qu'elle était là pour exécuter un travail et rien de plus. Un travail dont elle avait besoin. Un travail qui...

Bon, se dit-elle, finissons-en. Rappelle-toi le tour qu'il t'a joué.

Elle serra la main de Max et avança d'un pas. Avant qu'il ne se retourne, elle dit :

— Jason, quel plaisir de te revoir.

Comme il se retournait, elle lui tendit la main.

— Tu n'as pas changé, ajouta-t-elle en montrant Doreen à côté de lui. L'éternel homme à femmes, à ce que je vois, ajouta-t-elle avec un clin d'œil complice à l'adresse de la jeune femme.

Jason ne la quittait pas des yeux et elle mourait d'envie de se jeter à son cou, et...

— Où étais-tu ? demanda-t-il, comme si elle s'était attardée en faisant des courses.

— Oh, ici et là. Et toi ? mais je n'ai pas besoin de te le demander.

Elle était ridicule, elle le savait, mais la blonde, qui était tout ce qu'elle n'était pas, la dérangeait. Ce n'était évidemment pas de la jalousie.

— Tu sembles t'être bien débrouillée, dit-il en montrant son manteau de cachemire, son pantalon en fin lainage et ses bottes en chevreau.

Elle avait en outre de l'or aux oreilles, au cou et aux poignets.

— Pas mal. Mais comme...

Regardant frénétiquement autour d'elle, elle aperçut un sac de chips Arnold.

— ... comme dit Arnie, je prends goût aux jolies choses.

Jason fronça les sourcils, et Amy sourit intérieurement.

— Max, poursuivit-elle, viens dire bonjour à un de nos vieux amis.

Elle souleva son fils qui regardait Jason avec de grands yeux intenses, comme s'il essayait de se le rappeler. Jason avait envie de prendre l'enfant dans ses bras, mais l'orgueil l'en empêcha. À quoi s'était-il attendu ? À ce qu'Amy revienne un jour en disant à travers ses sanglots que le monde était froid et cruel et qu'elle avait besoin de lui et de la protection de ses bras ? Au lieu de quoi, il s'était passé ce que tout le monde avait prédit ; elle avait pris sa vie en main, tandis qu'il attendait les bras ballants.

Allait-il lui dire qu'elle était tout pour lui ? Que, pendant qu'elle batifolait avec un dénommé Arnie, il pensait sans cesse à elle ? Sûrement pas !

Comme il cherchait une réponse appropriée, Doreen le prit par la taille.

— Oh, chou, comme il est mignon ce petit Max ? lança-t-elle, sans se laisser démonter par le regard meurtrier de Jason. J'ai hâte que nous en ayons un à nous.

— Chou ? s'étonna Amy.

— Oh, intervint l'obligeante Doreen, Jason n'aime pas que je l'appelle chou en public, mais je m'escrime à lui dire que ce n'est pas grave – les fiancés se donnent toujours des noms idiots.

— Fiancés ? souffla Amy.

Jason voulut retirer le bras de Doreen de sa taille, mais elle mêla ses doigts aux siens, puis s'appuya contre lui.

— Oui, roucoula-t-elle. Nous devons nous marier dans six semaines, et nous avons encore tellement de choses à acheter pour la maison. En fait, nous n'avons même pas encore acheté la maison.

Sans doute Doreen croyait-elle aider Jason en inventant cette histoire, mais cette fois elle était allée trop loin. Comment allait-il s'expliquer ? se demanda-t-il, horrifié. Et Amy le croirait-elle ?

— Je suis sûre que Jason peut vous acheter la maison de votre choix.

— Oh oui, et je sais exactement ce que je veux, mais il ne sera pas d'accord. Vous ne trouvez pas ça mesquin de sa part?

Elle ignora le regard furieux de Jason.

— Terriblement, approuva Amy.

— Je suis sûre que votre Arnie vous achèterait la plus belle maison de la ville.

— Bien sûr, dit Amy en se redressant. La plus grande et la plus belle. Une simple allusion et elle serait à moi. Mais je suis persuadée que Jason ferait la même chose pour vous.

— En tout cas, quand il aura accepté, j'aimerais que vous m'aidiez à choisir les meubles.

— Moi?

— C'est vous l'artiste, non?

Jason et Amy la regardèrent, abasourdis.

— En effet, mais comment le savez-vous?

— Vous avez l'air d'une artiste. Vous êtes habillée avec goût. Moi, j'ai toutes les peines du monde à assortir le noir et le blanc. N'est-ce pas, chéri? mais Jason m'aime comme je suis, hein, chou?

Jason essaya de nouveau de s'arracher à Doreen, mais impossible de lui faire lâcher prise. Il fut tenté de lui taper sur la tête avec le panier-repas d'un des ouvriers posé à portée de main, mais préféra expliquer la situation à Amy, une fois seuls.

— Tu, euh, c'est toi qui dois peindre les fresques? demanda Jason, en glissant les mains derrière son dos pour essayer de décoller Doreen.

— Oui, dit Amy d'un ton solennel. Mildred m'a dit qu'il y avait eu un imbroglio autour des dates et du sujet à peindre, et elle m'a appelée au secours. J'ai apporté quelques croquis que tu pourrais peut-être…

Elle s'interrompit car Jason avait émis un grognement étouffé, comme si quelque chose lui avait fait mal.

— Ça ne va pas? demanda-t-elle.

— Si, si, dit-il en se massant le flanc de sa main

libre. J'aimerais voir tes croquis. Nous pourrions peut-être nous retrouver ce soir et…

— Enfin, mon chou, tu m'avais promis que ce soir nous choisirions la vaisselle et l'argenterie. De la porcelaine fine et de l'argent massif, précisa-t-elle. Jason est si généreux, n'est-ce pas, chéri? Enfin, sauf pour la maison.

— Peut-être y a-t-il des limites à la générosité, dit-il en fusillant Doreen du regard.

— Je suis sûr qu'Arnie est généreux, n'est-ce pas? Il suffit de voir votre manteau. Il est généreux, non?

— Oui, bien sûr, répondit Amy, regardant Jason dans les yeux et regrettant d'avoir inventé cet Arnie. Quand veux-tu voir les croquis? J'aimerais avoir ton feu vert avant de commencer. J'aurais aussi besoin d'assistants pour les fonds.

— Bien sûr, tout ce que tu voudras, dit Jason, en se dégageant de Doreen.

Mais dès qu'il fut libre, celle-ci se plaça entre eux.

— C'est ce qu'il me dit tout le temps. Tout ce que tu veux, Doreen. C'est curieux qu'il ne veuille pas m'acheter une maison, non? Peut-être pourriez-vous l'en persuader.

— Peut-être, dit Amy en regardant sa montre. Mon Dieu, il faut que j'y aille. Ma belle-mère va…

— Oh, alors vous êtes mariée.

— Veuve.

— Je suis désolée. Quand Arnie est-il mort?

— Il n'est pas mort. Il… Il faut que j'y aille. Jason, j'ai été contente de te revoir. J'habite chez Mildred, si tu as besoin de me parler de… de travail, tu connais le numéro.

Sur ces mots, elle saisit la main de Max et sortit presque en courant de la bibliothèque.

Dehors, la voiture l'attendait.

— J'espère que vous n'êtes pas fâchée, mademoiselle, dit le chauffeur, tandis qu'elle montait avec Max, mais Mme Thompkins m'a renvoyé vous chercher.

— Non, non, ça ne fait rien. Mais rentrons vite !

Avant que je ne me mette à pleurer, aurait-elle pu ajouter.

Elle parvint à retenir ses larmes jusqu'à son arrivée chez Mildred, où elle découvrit que sa belle-mère avait engagé une nounou confirmée pour s'occuper de Max. L'enfant adopta aussitôt la femme, et ils allèrent dans la cuisine boire du cacao.

— Tout, dit Mildred. Je veux que tu me racontes tout ce qui ne va pas.

— J'ai gâché ma vie, c'est tout, sanglota Amy dans le mouchoir que lui tendait sa belle-mère.

— Ce ne serait pas la première fois.

— Que quoi ?

— Amy, tu as épousé, Dieu ait son âme, un alcoolique et un drogué, ce qui était déjà une grave erreur. Ensuite, un homme riche et beau tombe follement amoureux de toi et tu t'enfuis avec ce que tu as sur le dos. Et un bébé. Je dirais donc que tu as déjà gâché plusieurs fois ta vie.

Amy pleura de plus belle.

— Alors, qu'as-tu fait cette fois ? demanda Mildred.

— J'ai dit à Jason que j'étais amoureuse d'un autre homme, parce que la femme qui l'accompagnait était si jolie et ils se tenaient serrés l'un contre l'autre. C'était comme si j'étais partie hier et je crois que je suis toujours amoureuse de lui, mais rien n'a changé. Il est toujours le même. Il achète et vend toujours des villes entières, et toutes ses femmes sont si belles et...

— Minute. Je ne sais toujours pas pourquoi tu es partie ni où tu es allée avec mon petit-fils, ces deux dernières années. Si tu ne croyais pas être toujours amoureuse de Jason, pourquoi as-tu accepté de revenir ?

— Mon éditeur tenait à ce que j'accepte ce travail, de façon à utiliser une citation du Président pour mon prochain ouvrage.

— Qu'est-ce qui t'a amenée à travailler dans l'édition ?

— Arrivée à New York, j'ai trouvé à illustrer des livres pour enfants, expliqua Amy en s'essuyant les yeux. J'ai assez bien réussi.

— Tu me raconteras tout ça plus tard. Que s'est-il passé, ce matin, avec Jason ?

— Il est fiancé.

— Il est quoi ?

— Il va se marier. Mais qu'est-ce que je croyais donc ? Qu'il m'aurait attendue ? Pendant ces deux ans, je ne suis sortie que deux fois, et pour déjeuner, parce que je pouvais emmener mon fils. Mais Max n'aimait aucun des deux hommes. En fait, Max et moi en avons rencontré un dans Central Park et… D'accord, dit-elle, devant le regard de sa belle-mère, je vais essayer de ne pas me disperser. Elle s'appelle Doreen et je comprends pourquoi vous m'avez parlé d'elle avant mon arrivée.

Mildred la regarda, éberluée, mais Amy poursuivit, imperturbable :

— Elle est ravissante : grande, blonde, bien roulée. Je comprends qu'il soit tombé amoureux d'elle. Pourquoi riez-vous ? Cela vous fait rire de me voir malheureuse ?

— Je suis désolée. Raconte-moi tout. N'omets pas un mot, pas un geste.

— Je n'en ai pas très envie, surtout si vous vous moquez de moi. Max et moi devrions peut-être aller habiter ailleurs.

— Jason n'est pas fiancé à Doreen. C'est sa secrétaire et elle est très gentille, mais, malheureusement, c'est la pire secrétaire du monde.

— Inutile d'être efficace pour quelqu'un qui vous aime. J'ai toujours…

— Jason a demandé à Doreen de commander du canard à l'orange pour un dîner réunissant les commanditaires de la nouvelle piscine municipale. Croyant qu'il voulait des canards orange, Doreen a fait mettre cent kilos de colorant orange dans la piscine, puis, faute de trouver un éleveur de canards, elle a fait livrer par un fermier quatre cents poulets.

— Vous venez d'inventer cette histoire.

— Voyant Jason furieux, elle a cru que c'était parce qu'elle avait commandé des poulets au lieu de canards. Doreen, reprit-elle après une pause, classe tout d'après le toucher du papier. Même pas la couleur, mais le toucher. Le problème survient quand elle essaie de retrouver quelque chose.

— Je vois, dit Amy séchant ses larmes. Et si elle ne retrouve pas le papier, comment peut-elle le palper pour le reconnaître ?

— Exactement. Doreen a également commandé de nouveaux panneaux pour toutes les entreprises de la ville. Ils sont arrivés avec Abernathy écrit Abernutty.

Amy rit.

— Doreen collectionne les trombones rouges. Questionne-la sur le sujet. Elle peut parler pendant des heures de sa collection. Elle a des trombones rouges provenant de tous les magasins de fournitures de bureau à quatre-vingts kilomètres à la ronde, et elle te dira que l'étonnant c'est qu'*ils viennent tous de la même entreprise.*

— Et Jason veut l'épouser ? s'esclaffa Amy.

— Il veut la tuer. Il m'appelle régulièrement pour se plaindre de ses derniers exploits. Il cherche toujours un moyen de s'en débarrasser. J'ai aimé celui où il l'écrasait sous une montagne de trombones rouges, mais je lui ai dit qu'elle en aurait trop de plaisir.

— Si elle est tellement incapable, pourquoi l'a-t-il engagée ? Ou pourquoi la garde-t-il ? Pourquoi la serrait-il contre lui ?

— Doreen est peut-être une exécrable secrétaire, mais elle ne songeait pas à faire ce métier. Elle est la sœur de l'ancienne secrétaire de Jason, tu sais, la redoutable Parker.

— Oui, bien sûr. Parker lui faisait tout. Elle l'a aidé à faire des tas de choses pour moi.

— Oui, oui, Jason a été ignoble. Il t'a acheté des vêtements pour Max, t'a offert une soirée fabuleuse, et... d'accord, j'arrête. Quoi qu'il en soit, Parker a épousé David et...

— David ? Le docteur David ? Le frère de Jason ?

— Lui-même. Parker habitait chez David, pendant que Jason était chez toi, et ils ont appris à se connaître, et, enfin... En tout cas, Parker étant irremplaçable, lorsqu'elle a supplié Jason de prendre sa sœur, il a sauté sur l'occasion. Le premier jour, il voulait déjà la renvoyer, parce qu'elle avait vendu sa voiture pour un dollar – mais c'est une autre histoire. En même temps, il apprenait que Parker était enceinte, et David le prévenait que, s'il renvoyait Doreen, sa femme ferait une fausse couche.

— J'étais enceinte, quand mon mari est mort, et je n'ai pas fait de fausse couche, dit Amy.

— Chut. Ne dévoilons pas nos petits secrets. Je suis sûre que David voulait seulement la paix, et il a une nouvelle fois embobiné son grand frère, gloussa Mildred. Jason parle sans cesse de retourner à New York, où les gens sont moins intrigants et sournois qu'à Abernathy. Quoi qu'il en soit, il a accepté de garder Doreen jusqu'à l'accouchement de Parker. Mais je parie que David trouvera ensuite une nouvelle raison pour obliger son frère à la garder. Si Jason ne la renvoie pas vite, il finira par l'assassiner.

— Ou l'épouser.

— À propos, raconte-moi ce qu'a dit Doreen.

— Elle a parlé de maison et d'argenterie... Je ne sais pas. J'étais au trente-sixième dessous d'autant plus que Max l'adore.

— Comment le sais-tu ?

— Parce qu'elle l'a dit. Elle m'a dit qu'ils choisissaient de la porcelaine et...

— Non, je veux dire, comment sais-tu que Max adore Jason ?

— Max l'a toujours aimé. À la bibliothèque, il était trop fasciné par lui pour retirer les livres des étagères ou mettre le nez dans les pots de peinture. Il est resté à côté de moi sans rien escalader.

Mildred fixa Amy en plissant les yeux.

— Mon petit-fils a besoin d'un père. Et tu as besoin d'un mari. J'ai assez souffert de ne pas savoir où tu vivais et de ne pas voir mon unique petit-fils, quand j'en avais envie et…

— Je vous en supplie, Mildred. Je m'en veux déjà assez.

— Pas suffisamment pour compenser les deux années de la vie de mon petit-fils que j'ai manquées.

— Je crois que je devrais partir, dit Amy en se levant.

— Oui. Tu devrais t'enfuir, comme tu l'as fait quand Jason voulait t'épouser. Et comme tu l'as fait en épousant Billy, ajouta-t-elle en baissant la voix.

— Ce n'est pas vrai ! protesta Amy, s'asseyant à nouveau. Billy a toujours été gentil pour moi. Il…

— Il te donnait une raison de te cacher. De te couper de tout. Crois-tu que je ne savais pas ce qui se passait ? J'aimais Billy de tout mon cœur, mais je le connaissais et je savais ce qu'il faisait. Et après la mort de Billy, tu avais peur de sortir de cette maison. Maintenant, Amy, dis-moi ce que tu as fait après avoir quitté Jason ? Tu t'es cachée de nouveau ? Tu t'es enfermée pour dessiner, et tu ne sortais qu'avec ton fils ?

— Oui, dit Amy, de grosses larmes roulant le long de ses joues.

— Eh bien, Amy, je vais t'assener quelques dures vérités. Tu as blessé Jason Wilding, au point qu'il ne s'en remettra peut-être jamais. Il a eu une vie difficile, et a appris à ne pas donner facilement son affection. Mais il t'a offert son amour à toi et à Max, et tu lui as craché à la figure avant de disparaître. Tu l'as profondément blessé.

— Comment réparer ? J'ai été épouvantable, ce matin. J'ai menti et dit des choses horribles. Dois-je aller le trouver et lui dire la vérité ?

— Lui dire que tu as réfléchi et ne peux pas vivre sans lui ?

— Oui, c'est ça. Avant de le revoir, je ne savais pas à quel point c'était vrai.

— Chérie, dis à un homme que tu t'es trompée, et tu passeras le reste de ta vie à lui demander pardon.

— Mais vous venez de dire que je l'avais blessé. Ne devrais-je pas lui dire que je le regrette ?

— Fais-le et tu t'en mordras les doigts.

— Pardonnez-moi, mais je ne comprends pas.

— Écoute, si tu veux un homme, il faut qu'il vienne à toi. Il ne doit pas savoir que tu regrettes de t'être enfuie. Vois-tu, pour un homme, la conquête est essentielle. Il faut qu'il te gagne.

— Mais c'est déjà fait. Il y a deux ans, il s'est mis en quatre pour Max et moi, mais je me disais que…

— Qu'importe le passé ?

— Mais vous venez de dire que je me suis enfuie, que je me suis cachée et…

— C'est vrai. Maintenant, écoute ce que je te propose. Et quand nous en aurons fini avec Jason Wilding, il ne saura même pas ce qui l'a frappé.

— Je croyais que vous le défendiez, qu'il était la victime.

— C'est vrai, mais qu'importe ? On ne conquiert pas un homme avec des excuses, pas plus qu'avec la vérité. Non, on le conquiert avec des mensonges et des ruses. Et des sous-vêtements sexy.

Amy regarda, interloquée, cette femme à la coiffure extravagante. Mildred ne semblait pourtant pas être du genre à séduire un homme par la ruse. Non, son style c'était plutôt la capture au lasso.

— Des sous-vêtements ? murmura Amy.

— Ça t'arrive de t'arranger ?

— Je, euh…

— C'est bien ce que je pensais. Bon, je vais demander à Lars, mon coiffeur, de s'occuper de toi. Devant Jason, bien sûr. Et nous allons peut-être même trouver une maison pour Doreen. Pourquoi pas ? Jason en a les moyens. D'autant plus qu'elle va sans doute épouser quelque séducteur désargenté. Et pour tes fresques, tu auras besoin de beaucoup d'aide. Et... Pourquoi me regardes-tu ainsi ?

— Je ne vous ai jamais vue comme ça.

— Ma chérie, ce n'est que le début. Maintenant, allons voir mon petit-fils.

18

Deux jours plus tard, Amy se réveilla dans sa chambre à Salma. Rejetant l'édredon, elle entra sur la pointe des pieds dans la pièce voisine et jeta un coup d'œil à Max, profondément endormi sur le ventre ; il n'avait manifestement pas bougé de la nuit.

Il va probablement dormir encore deux heures, se dit-elle.

Après l'avoir bordé, elle ramena ses cheveux en arrière et se rendit dans la cuisine, qui ne ressemblait en rien à l'ancienne. Plus trace d'appareils rouillés, ni de linoléum lézardé et écaillé.

Amy ne s'étonna pas de trouver du café frais ainsi que des petits pains encore chauds.

« Affectueusement, Charles », lut-elle sur la carte posée à côté de la cafetière. Ouvrant le réfrigérateur, elle ne fut pas davantage surprise de le trouver plein. Le panier décoré d'un nœud rouge renfermait le petit déjeuner de Max : des crêpes et des fraises. Charles était déjà au courant qu'Amy et Max occupaient la maison où l'enfant avait passé les six premiers mois de sa vie. Impossible à Abernathy de garder un secret.

Avec son café, deux petits pains et un œuf dur, elle alla dans le salon et sourit à la vue du feu dans la cheminée – un feu qui ne fumait pas. Il serait divin de s'asseoir pour boire, manger et réfléchir en paix sur ce qui l'avait amenée ici en moins de vingt-quatre heures.

Tout venait du fait que Max ne voulait pas rester avec Mildred et la nouvelle nounou, songea-t-elle avec un sourire. Mais Max n'était-il pas à l'origine de tout ?

La veille, quand Amy était entrée dans la bibliothèque, Max endormi sur l'épaule, il était neuf heures et demie et elle aurait déjà dû avoir commencé deux dessins sur les murs.

Jason l'avait accueillie, furieux.

— Comment comptes-tu avoir terminé dans le délai fixé ? s'emporta-t-il. Tu ne comprends donc pas que le temps presse ? L'ouverture de la bibliothèque est prévue dans six semaines. Le président des... États-Unis sera là. Ça ne signifie peut-être pas grand-chose pour toi, mais cela signifie beaucoup pour les habitants d'Abernathy.

— Du calme, dit Amy, pas le moins du monde impressionnée. Et cesse de me regarder comme ça. Ce matin, j'ai eu ma dose d'hommes de mauvaise humeur.

— D'hommes ? J'imagine que c'est ton... ton...

Il essayait de dire « fiancé », mais le mot ne passait pas. Peut-être serait-il amusant, après tout, de jouer au petit jeu inventé par Mildred, mais pas tout de suite. Elle était trop fatiguée.

— Max, souffla Jason, qui comprit enfin son allusion. Tu veux dire Max.

— Oui, bien sûr. Il est resté éveillé la plus grande partie de la nuit. En plus, il n'a soudain plus voulu de la nounou embauchée par Mildred. Max n'a jamais aimé être avec des gens qu'il ne connaît pas. Il donne difficilement son affection.

Jason la regarda, puis, avec une aisance pouvant laisser croire qu'il avait fait ça tous les jours pendant des années, il prit le bambin endormi sur Amy et le cala sur son épaule.

— Il est épuisé, fit remarquer Jason.

— Il est épuisé ? Et moi alors ?

178

— Je ne t'ai jamais vue beaucoup dormir, dit Jason avec une ébauche de sourire.

— C'est vrai, approuva-t-elle, souriant à son tour.

— Viens, dit Jason en se dirigeant vers la porte du fond.

Quand il l'ouvrit, Amy poussa une exclamation admirative.

— C'est beau, hein ? dit-il à voix basse pour ne pas réveiller Max. C'était la salle que les Abernathy avaient construite pour pouvoir fréquenter la bibliothèque, sans se mêler à la plèbe.

La pièce était belle en effet, non par son décor, mais par ses proportions et ses fenêtres donnant sur un petit jardin.

— C'est un jardin privé ? demanda-t-elle.

— Bien sûr. Tu ne crois tout de même pas que les Abernathy auraient joué avec les gosses de la ville ?

— Ils devaient être bien seuls, dit-elle en se retournant, les bras tendus vers Max. Je vais le reprendre. Il est lourd.

Sans répondre, Jason mit Max sur deux coussins posés sur le sol, puis l'enveloppa dans une couverture, tandis qu'Amy détournait la tête. Max regardait parfois les hommes comme s'ils venaient d'une autre planète, et elle s'en voulait de l'élever sans père.

— Je vais en faire une salle de lecture pour enfants, annonça Jason, en lui tenant la porte. Nous aurons des conteurs et plein de livres.

— Les enfants d'Abernathy ont beaucoup de chance, dit-elle, comme il la suppliait du regard de dire que l'idée lui plaisait.

— Oui, enfin… fit-il, gêné, mais content de son appréciation.

— Alors par où dois-je commencer ?

— Comment ?

— Les fresques ? Tu n'as pas oublié ? Ce qui est si pressé.

— Oh oui. Les fresques. Je ne sais pas. Qu'en penses-tu ?

— J'ai besoin d'un projecteur et de plusieurs assistants et…

— Il n'y a que moi.

— Pardon.

— Moi… Je suis ton assistant.

— Écoute, je suis sûre que pour rénover une ville tu n'as pas ton pareil, mais je ne pense pas que tu saches peindre des chameaux. En outre, tu dois avoir beaucoup à faire. D'autant, que tu dois préparer ton mariage, non ?

— Mon mariage ? Ah oui. Amy, il faut vraiment que je t'explique.

Une part d'elle-même avait envie de l'entendre, mais une autre était terrorisée à cette idée. Elle se plaisait à dire que son mariage avait été heureux, mais à la vérité l'idée même de mariage, ou simplement de liaison la terrifiait.

— Ça ne peut pas attendre ? demanda-t-elle. Ce que tu as à me dire ? Il faut vraiment que… que j'appelle Arnie. Il doit s'inquiéter.

— Bien sûr, dit Jason en se détournant. Tu n'as qu'à prendre le téléphone du bureau.

— C'est un appel longue distance.

— Je pense avoir les moyens, rétorqua Jason avant de rejoindre Max dans la pièce voisine.

— Entre Jason et moi, ça se passe très mal, annonça Amy à Mildred. C'est épouvantable. Et je ne sais pas combien de temps je pourrai jouer à ce petit jeu.

— …

— Non, il ne m'a pas demandé de l'épouser. Il va épouser Doreen, rappelez-vous. Arrêtez de vous moquer de moi ! C'est sérieux.

— …

— Non, Max va bien. Il dort dans la salle à côté. Jason va la transformer en salle de lecture pour les enfants.

— ...

— Non! Je ne me dégonfle pas. C'est juste que je ne sais pas feindre ni mentir. Vous ne devinerez jamais qui vient d'entrer.

— ...

— C'est ça, mais comment le savez-vous? Vous l'avez envoyée? Et c'est vous qui lui avez acheté cette robe?

— ...

— Mildred! Vous n'êtes pas une amie? Allô! Allô!

Amy reposa le téléphone, furieuse que Mildred lui ait raccroché au nez. Et plus furieuse encore de voir arriver Doreen dans une minuscule robe en angora bleu que sa propre belle-mère, venait-elle d'apprendre, lui avait achetée. Dans quel camp était-elle donc?

— Vous êtes superbe, Doreen! dit Amy en sortant du bureau.

La voyant se tortiller devant Jason, elle grinça des dents, puis sourit quand elle vit que Jason la regardait elle et non Doreen.

— Alors, demanda-t-elle, quand nous mettons-nous à vous chercher une maison et à acheter des meubles?

— D'abord les fresques, dit Jason. Il n'y a pas une minute à perdre.

— Il faut bien dîner. Alors, pourquoi ne pas avaler un sandwich dans la voiture en allant au magasin de meubles? proposa Amy. Ou mieux encore chez un antiquaire?

— Du mobilier usagé? s'indigna Doreen. Je veux du neuf.

— Si vous avez besoin de le revendre, l'ancien prend de la valeur, dit Amy. Vous n'avez certainement pas besoin de le faire. Mais si vous achetez du neuf, six semaines après, vous n'en tirerez pas ce que vous l'avez payé. En revanche, avec l'ancien vous pouvez faire un bénéfice.

— Nous prendrons de l'ancien, approuva Doreen d'un ton solennel.

Amy et Doreen échangèrent un regard complice, signifiant : tu m'aides et je t'aiderai. La secrétaire de Jason n'était pas assez bête pour ne pas savoir que, d'ici quelques jours, elle perdrait son travail pour incompétence grave. Alors, autant obtenir le maximum tant qu'elle en avait la possibilité.

— Oh, Jason ne se doute pas du temps que nécessitent les préparatifs d'un mariage. Il ne prend même pas le temps de regarder ce que j'ai repéré au centre commercial.

— Je parie que vous avez choisi de la porcelaine de Limoges et de l'argent massif.

— Je savais pouvoir compter sur vous, dit Doreen avec un grand sourire. N'est-ce pas, chéri ?

Jason détacha les mains de Doreen de son bras.

— Oh mon Dieu, regardez l'heure, dit Amy. Il faut se mettre au travail. Jason, j'aimerais bien que tu m'aides à peindre. J'en profiterai pour te parler d'Arnie.

— Donne-moi la liste de ce dont tu as besoin et je m'en occupe.

Sur ces mots, Jason tourna les talons et sortit de la bibliothèque. Amy et Doreen échangèrent un regard entendu.

— Ce soir ? demanda cette dernière. Vous venez faire des courses avec moi, ce soir ?

Amy acquiesça et Doreen sourit.

Cela avait été le début d'une des journées les plus extraordinaires de sa vie, songea Amy en prenant son petit déjeuner. En y repensant, elle se demandait qui, de Max, de Doreen ou de Jason, s'était comporté le plus bizarrement.

Elle s'installa confortablement sur les coussins et essaya de mettre de l'ordre dans ses pensées. D'abord Max. Elle comprenait qu'il ait piqué une crise, quand elle avait voulu le laisser avec sa grand-mère et la nounou. Depuis sa naissance, il n'avait jamais passé plus de trois heures loin de sa mère, de sorte que passer toute une journée séparé d'elle aurait été aussi traumatisant pour l'un que pour l'autre.

Mais, en revanche, elle avait été blessée de constater que son fils s'était autant attaché à Jason qu'à Doreen. Je suis contente qu'il aime d'autres personnes, se dit-elle, avec un pincement de jalousie.

Tout avait commencé dans le magasin de fournitures pour artistes et peintres où Jason les avait conduits, pour acheter ce dont elle avait besoin. Comme d'habitude, Max se déchaîna et, comme d'habitude, Amy lui ordonna de rester tranquille, de ne rien casser, de ne grimper nulle part, de descendre de là, de...

— Il parle ? demanda Jason.

— Quand il veut, dit Amy rattrapant Max qui essayait de grimper sur un grand chevalet de bois.

— Il comprend des phrases compliquées ?

Amy écarta ses cheveux de ses yeux et regarda Jason.

— Tu me demandes si mon fils est intelligent ! s'exclama-t-elle, indignée à l'idée qu'il pût insinuer que Max n'était pas aussi éveillé qu'il devrait l'être, parce que son père était un ivrogne.

— Je demande ce que peut faire ou ne pas faire un enfant de deux ans, et je... oh, et puis zut. Max, viens ici.

Au grand désagrément d'Amy, Max obéit aussitôt. Quand elle prenait son ton le plus sévère, l'enfant se contentait de lui sourire tout en continuant à faire ce qu'elle venait de lui interdire.

— Max, dit Jason en s'agenouillant, de façon à être à la hauteur du bambin, tu aimerais peindre comme ta maman ?

— Ne lui dis pas ça ! il va mettre de la peinture partout et faire de telles saletés que...

Elle s'interrompit, foudroyée par le regard de Jason lui signifiant que ses remarques étaient indésirables.

— Tu aimerais peindre quelque chose ? répéta-t-il en redressant le col de sa chemise.

Max acquiesça, mais avec retenue, car il n'était pas autorisé à toucher les peintures de sa mère.

— Très bien, mon vieux, que dirais-tu de peindre la pièce où tu as dormi ce matin ?

Max ouvrit des yeux comme des soucoupes et se tourna vers sa mère.

— Pas besoin de me regarder ; on m'a demandé de me taire, dit Amy, les bras croisés.

Prenant la figure de l'enfant entre ses mains, Jason le tourna vers lui.

— C'est une affaire entre toi et moi, dit-il. D'homme à homme.

À ces mots, le visage de Max exprima un tel ravissement qu'Amy en aurait hurlé. Son petit chéri ne pouvait pas s'être déjà métamorphosé en homme !

— Alors, Max, reprit Jason, tu veux peindre cette pièce, oui ou non ?

Cette fois, le petit garçon ne regarda pas sa mère et accepta immédiatement.

— Bon, tu vas commencer par décider ce que tu vas peindre, d'accord ?

Max acquiesça de nouveau.

— Tu sais ce que tu veux peindre ?

L'enfant fit oui de la tête.

Jason attendit, mais comme Max ne disait rien, il leva les yeux vers Amy.

— L'idée n'est pas de moi, fit-elle. Tu devras tout nettoyer après.

— Dis-moi ce que tu veux peindre, insista Jason.

— Des singes, cria Max avec une telle force que Jason bascula sur ses talons.

— Parfait, allons pour les singes. Tu sais peindre des singes ?

Max secoua la tête si vigoureusement que tout son corps trembla.

— Maintenant, je veux que tu m'écoutes, d'accord ? dit Jason, prenant l'enfant par les épaules. Je veux que tu ailles avec cette dame, elle s'appelle Doreen, et que

184

tu choisisses tout ce dont tu as besoin pour peindre tes singes. Des grands singes, des petits singes. Une pièce pleine de singes. Compris ? Tu as des questions ?

L'enfant fit non de la tête.

— Bon. J'aime les hommes qui savent obéir. Maintenant, va avec Doreen, pendant que je travaille avec ta mère. O.K. ?

Jason se leva et jeta un coup d'œil à Doreen, qui s'empressa de tendre la main à Max ; l'enfant la prit et ils disparurent tous les deux dans les allées du magasin.

— Tu ne te rends pas compte, dit Amy. On ne laisse pas un enfant de deux ans choisir ce qu'il veut dans un magasin. Je préfère ne pas savoir ce qu'il va acheter et...

Prenant Amy par le bras, Jason l'entraîna dans la direction opposée.

— Allons, choisis ce dont tu as besoin et sortons d'ici. À ce rythme, le Président arrivera avant que les fresques ne soient commencées.

— Tu aurais peut-être dû commander les fournitures avant que je n'arrive. J'en avais envoyé la liste à Mildred pour que tout soit prêt.

— Et les fournitures ont été achetées.

— Alors pourquoi sommes-nous ici ?

Jason poussa un soupir.

— Tu voulais de l'aquarelle, expliqua-t-il, et Doreen a commandé des boîtes avec de minuscules pastilles de peinture à l'eau.

— Mais j'en ai demandé des litres... Oh mon Dieu. Combien de boîtes a-t-elle commandées ?

— Disons que tous les écoliers du Kentucky auront une boîte neuve.

— Je vois, dit Amy, s'efforçant de ne pas rire. Heureusement que tu vas l'épouser, sinon d'ici deux semaines, tu serais ruiné.

— Amy, il faut que je te parle de ça.

— Vraiment. J'espère que tu ne vas pas m'annoncer une mauvaise nouvelle, ça me déconcentre dans mon travail. Et Arnie… Aïe ! Tu me serres le bras trop fort !

— Désolé, dit-il en la lâchant, je ne voulais pas te faire mal. Prends donc ce qu'il te faut et filons.

Pendant une heure et demie, Amy se concentra sur ses achats, s'émerveillant de savoir que l'argent ne comptait pas. Quel luxe de pouvoir choisir les meilleures marques de peinture, les meilleurs pinceaux, les meilleures…

— Ça va coûter cher, ne put-elle s'empêcher de dire, mais Jason se contenta de hausser les épaules.

— Tu as besoin d'autre chose ? demanda-t-il, en regardant sa montre, excédé.

— J'ai besoin d'hommes. Ou de femmes, ajouta-t-elle avec son sourire le plus innocent. J'ai besoin d'au moins trois personnes pour m'aider à peindre.

— C'est arrangé.

— Déjà.

— Peut-être as-tu entendu dire que, auparavant, je dirigeais une grosse affaire et que je faisais les choses sans traîner.

— En effet, j'en ai vaguement entendu parler. Alors, pourquoi as-tu… ? Oh, et puis non.

Du bout de l'allée, Max et Doreen, un pinceau dans la bouche et ployant sous le poids de trois lourds paniers, se dirigeaient vers la caisse. L'enfant ressemblait à un jeune prince menant son éléphant. Passant devant Jason et Amy, Doreen cracha le pinceau sur le comptoir, posa les trois paniers près de la caisse, puis se tourna vers Amy.

— Votre gosse est bizarre, dit-elle avant de repartir.

— Max, qu'as-tu fait ? demanda Amy.

L'enfant enfonça les mains dans ses poches et serra les lèvres, expression que sa mère ne reconnut pas. Mais Jason la reconnut et rit.

— Vous voulez acheter tout ça ? demanda le vendeur.

— Bien sûr, dit Jason.

— Non! lança en même temps Amy.

— Alors qu'est-ce que je fais?

— Nous prenons tout, répondit Jason, tendant sa carte American Express platine, tandis qu'Amy examinait les achats de son fils. Elle les trouvait effectivement étranges.

— Max, mon chéri, tu as acheté un pinceau de chaque sorte?

Max fit oui de la tête.

— Et les couleurs? De quelle couleur vas-tu peindre tes singes? Et la jungle? Où vas-tu les faire vivre?

Avant que Max n'ait eu le temps de répondre, Doreen réapparut avec quatre bidons de quatre litres de peinture acrylique noire et un escabeau.

— Ne me regardez pas comme ça, dit-elle. Il ne veut que du noir.

À la vue de Max, les mains dans les poches et l'air défiant, Jason rit de plus belle.

— Inutile de l'encourager, jeta Amy. Max, mon chéri, je pense que tu devrais prendre une autre couleur en plus du noir, tu ne crois pas?

— Non, dit Jason. Il veut du noir et il aura du noir. Maintenant, allons. Partons, avant que…

— Le Président n'arrive, dirent en chœur Amy et Doreen.

Devant l'air furieux de Jason, les deux femmes éclatèrent de rire.

Un quart d'heure plus tard, la Range Rover de Jason roulait vers la bibliothèque.

C'est là qu'Amy rencontra Raphaël. Il avait environ dix-sept ans et son visage était zébré d'une balafre qui semblait récente. Il portait dans les yeux toute la colère du monde.

Un regard au jeune homme et elle empoigna la main de son fils, puis se dirigea vers la porte, mais Jason l'arrêta.

— Ne me regarde pas comme ça, dit-il. Au pied levé, je n'ai pu trouver que lui. L'autre peintre amenait ses assistants, et ce garçon a besoin de faire un travail d'intérêt général.

— Besoin ? fit-elle d'une voix aiguë. Il en a besoin ? Ou bien il est condamné à le faire ?

Comme Jason haussait les épaules, penaud, Amy entraîna Max.

— Tu ne peux pas me laisser tomber, juste parce que ce garçon a l'air d'être un dur.

— Un dur ? Il a l'air tout droit sorti de prison, oui. Comment peux-tu songer à le laisser près de Max ?

— Tu ne seras pas seule avec lui. Je ne te quitterai pas une minute. Je serai armé.

— Oh, voilà qui est rassurant, fit-elle, sarcastique.

Elle n'ajouta rien, car Raphaël passait devant elle et s'apprêtait à dévaler l'escalier de la bibliothèque. Quand Jason lui saisit le bras, le garçon prononça quelque chose dans une langue inconnue d'Amy ; à sa grande surprise, Jason lui répondit dans la même langue.

— Écoute, Amy, tu l'as blessé, et il veut partir. Mais s'il part, il devra passer plusieurs mois en prison. Tu veux avoir ça sur la conscience ?

— Non, bien sûr que non, dit Amy, vaincue et au bord des larmes.

Raphaël eut un grand sourire et revint dans la bibliothèque.

— Il n'a jamais eu l'intention de partir, souffla-t-elle. Il m'a eue.

Jason rit et emporta Max avec lui.

Et ce n'était que le début, songea Amy en terminant son petit pain, le regard fixé sur le feu. Après cela, elle fut dépassée. Elle était en outre trop occupée à reporter ses dessins sur les murs, pour songer à avoir peur de Raphaël. Toute la journée, un flot régulier de filles en tenue légère s'attroupèrent à l'intérieur et à l'extérieur de la bibliothèque pour se faire remarquer de lui. Mais Amy dut reconnaître que pas un seul instant le jeune homme ne se laissa distraire de son travail.

Quant à son fils, elle ne le reconnaissait pas. Suivi de Doreen, les bras chargés de sacs de pinceaux, il se dirigea d'un pas décidé dans la salle que Jason lui avait réservée, et ferma la porte.

Amy ne l'avait pas revu de la journée. Elle qui, l'instant d'avant, craignait qu'il ne supportât pas d'être séparé plus de trois heures de sa mère, se demandait à présent s'il n'avait pas aspiré, toute sa courte vie, à l'être.

— Ne sois pas jalouse, dit Jason derrière elle. Max reconnaît probablement en Doreen son égale intellectuelle.

— Je ne suis pas jalouse ! Et cesse de dire des choses méchantes sur la femme que tu aimes.

Pour comble de désagrément, au lieu de démentir, Jason dit :

— Elle a d'autres qualités.

Au même instant, Doreen entrait dans le vestibule, et tous les hommes présents dans la bibliothèque s'arrêtèrent de travailler pour la regarder.

— Allez au diable ! s'exclama Amy.

Amy et Max ne se virent pas de la journée. À chaque fois, il se servait de Doreen pour communiquer avec sa mère.

— Il veut savoir ce que mangent les singes, dit-elle à sa première sortie du *pays du secret*, comme l'avait baptisé Amy, car Max avait interdit qu'on laisse entrer quiconque, même sa mère.

— Qu'est-ce que j'en sais ? répondit Amy par-dessus son épaule. Je ne suis que sa mère.

— Des végétaux, dit Jason. Des feuilles d'arbre.

Doreen retourna dans la pièce et revint presque aussitôt.

— Il veut des photos de ce que mangent les singes.

Comme Amy allait dire quelque chose, Jason la devança.

— Attendez.

Il alla fouiller dans les rayonnages et revint avec des livres sur les singes et leur habitat. Doreen emporta les ouvrages, et revint peu après avec un album à la main.

— Il en veut d'autres comme celui-ci. Je ne sais pas ce qu'il veut dire, parce qu'il n'a pas l'air différent des autres.

— De l'art japonais, dit Jason, avant de disparaître à nouveau dans les rayonnages.

Il revint les bras chargés.

— Il est bizarre, cet enfant, lança Doreen en repartant.

À quatre heures, Mildred vint leur rendre visite et annonça à Amy qu'elle l'emmenait déjeuner.

— Le déjeuner est passé depuis des heures, dit Amy en étudiant la tête d'un des chevaux qu'elle essayait de peindre.

— Et tu as déjeuné ?

Comme Amy ne répondait pas, sa belle-mère la prit par le bras et l'entraîna vers l'entrée.

— Mais Max…

— À ce que je vois, il semble amoureux de Doreen.

— Depuis combien de temps nous observiez-vous ?

Mildred attendit pour répondre qu'elles soient installées dans le café d'en face, que leurs commandes soient prises et leurs boissons servies.

— Je n'étais là que depuis quelques minutes, mais Lisa Holding est arrivée plus tôt pour retirer un livre sur les anomalies psychologiques, en fait elle est fiancée au fils du banquier, mais elle en pince pour Raphaël. Elle est donc allée le voir, et elle a raconté à son cousin, qui a raconté à mon coiffeur, qui m'a raconté que…

— Qui vous a raconté tout ce qui se passe.

— Bien sûr. Nous sommes tous curieux de savoir ce qui se passe entre Jason et toi.

— Il ne se passe rien, absolument rien. Tous les hommes présents sont tellement subjugués par Doreen que le travail s'arrête dès qu'elle entre ou sort de cette salle. Même mon fils…

— Jalouse, dit Mildred. Je connais ça.

— Je ne suis pas jalouse. J'aimerais bien qu'on arrête de me répéter ça.

— Jason t'a dit que tu étais jalouse ?

Amy but une gorgée de son Coca et ne répondit pas.

— La première année de la vie de Billy, nous ne nous sommes pas quittés, puis, un après-midi, ma sœur l'a gardé et, ce soir-là, Billy a refusé que je le couche.

Comme Amy ne répondait pas, Mildred reprit :

— Alors comment ça se passe entre Jason et toi ? Il t'a demandée en mariage ?

— Je sais que pour vous c'est un jeu, dit Amy en regardant le sandwich qu'on venait de poser devant elle, mais je ne veux pas faire une nouvelle erreur.

— Tu peux me parler, si tu veux. Je sais écouter.

— Je ne connais pas assez Jason. Il faut que je le côtoie davantage. La première fois que je me suis mariée, je me suis gravement trompée et je ne veux pas recommencer.

Elle leva vers Mildred des yeux suppliants. Elle avait besoin de parler à quelqu'un, mais cette femme était la mère de Billy.

— Je ne veux pas songer, poursuivit-elle, à ce qu'aurait été ma vie, si j'étais encore avec Billy. Et une des rares choses que je sais sur Jason, c'est qu'il est capable de mentir. Il m'a menti à propos de sa soi-disant homosexualité, à propos de son désir de s'installer chez moi. En fait, tout ce que j'ai appris sur lui était faux. Et voilà que j'apprends qu'il me cherche depuis deux ans, mais que sait-il de moi, de mon fils ? Et qui est-il vraiment ? Prend-il aussi bien la plaisanterie qu'il n'en fait ?

— Vu sa fortune, qui se soucie de son sens de l'humour ?

— Moi. Et votre petit-fils.

— Tu es difficile à contenter.

— Non, je veux seulement éviter de me tromper une nouvelle fois. Je veux trouver un homme qui soit un bon père pour mon fils. Je ne veux pas que Max s'attache à un homme qui disparaît à la première difficulté.

— Tu as mûri, me semble-t-il.

— Peut-être. Ces deux dernières années, j'ai appris à me connaître et je sais ce dont je suis capable. Je peux, si nécessaire, subvenir à nos besoins. Nous pouvons même avoir une vie agréable. Et cette découverte me rend heureuse.

— Je suis contente que tu ne coures pas après l'argent, dit Mildred en prenant la main de sa belle-fille. Maintenant, parle-moi de Doreen et de Jason. Dis-moi tout.

Il était près de six heures quand Amy regagna la bibliothèque pour trouver un Jason furibond.

— Tu vas prendre tous les jours deux heures pour déjeuner ?

— Si j'en ai envie.

— Elle téléphonait à son bien-aimé fiancé, dit Mildred. Quand on aime, on ne voit pas le temps passer. Il viendra peut-être la voir la semaine prochaine.

— Pour ce qui est de ta vie privée, je te demanderai, à l'avenir, de prendre sur ton temps libre. Maintenant, au travail.

Amy regarda sa belle-mère, ne sachant si elle devait être contente ou furieuse de son intervention.

— Ne t'inquiète pas, lui chuchota Mildred. Tu me remercieras plus tard.

Sur ces mots, elle tourna les talons et quitta la bibliothèque.

Amy se remit au travail, ne s'arrêtant même pas pour déguster le délicieux dîner apporté par Charles.

— Je dois tout à votre fils, qui promet d'être un fin gourmet, l'entendit-elle dire.

Se retournant, elle vit tout le monde manger. Max était assis au milieu, devant une assiette pleine. Il ne leva même pas les yeux vers sa mère.

À neuf heures, Amy décida qu'il était temps pour Max de se coucher. C'est alors qu'elle découvrit que la salle Abernathy était fermée à clé. Mécontente, elle frappa, et Doreen ouvrit.

— Il doit rentrer se coucher, dit Amy. Il est trop tard pour lui.

— D'accord, je vais lui demander, fit Doreen avant de lui fermer la porte au nez.

Quelques secondes plus tard, Max apparut en se frottant les yeux, et Amy s'en voulut de l'avoir laissé veiller si tard. Une fois dehors, elle l'attacha dans le siège de la voiture que Mildred lui avait prêtée et le reconduisit à la maison.

C'est là que les ennuis commencèrent, car Max ne voulait pas dormir. Il hurlait à pleins poumons, et quand Amy le prit pour le coucher, il se raidit, de sorte qu'elle ne put pas le mettre au lit.

À onze heures, il se débattait toujours en criant, et Amy ne comprenait pas ce qu'il avait.

— Je vais appeler Jason, hurla Mildred pour couvrir les cris de Max.

— À quoi ça servira ? répondit Amy sur le même ton. S'il te plaît, Max, dis à maman ce qui ne va pas, répéta-t-elle pour la millième fois.

Le visage tout rouge et le nez encombré, Max continuait à crier et à pleurer.

Jason arriva, quelques minutes plus tard, ses vêtements maculés de peinture, mais sa présence n'eut aucun effet sur l'enfant.

— Pauvre vieux, dit-il essayant de l'arracher à une Amy exténuée.

Mais Max ne voulait pas davantage de lui.

— J'ai une idée, dit-il enfin. Ramenons-le à la maison.

— La maison ? fit Amy. Tu veux dire qu'il faut prendre l'avion à cette heure ?

— Non, je pense à sa vraie maison.

Sans laisser à Amy le temps de rien ajouter, Jason le prit dans ses bras, l'enfant se débattant comme un beau diable, et le porta dans la voiture où il l'attacha. Max était trop fatigué pour se défendre, mais criait toujours.

Installée sur le siège du passager, Amy fut stupéfaite de voir Jason traverser la ville et se diriger vers... Elle n'en croyait pas ses yeux. Il s'engagea dans l'allée de la vieille maison en ruine qui avait appartenu à Billy et à elle. Sachant qu'elle reviendrait à Mildred, cosignataire de l'emprunt, elle ne s'était pas inquiétée, en partant, du sort de la maison. Elle pensait d'ailleurs que sa belle-mère l'avait vendue.

Mais la maison se dressait devant elle, superbe et parfaitement rénovée. Jason en avait fait sa maison.

À l'intérieur, elle n'eut pas le temps de voir grand-chose, car Jason, portant un Max épuisé et geignant, traversa l'entrée, le salon, et prit le couloir menant à la chambre qui avait été celle de l'enfant. Rien n'avait été touché. Tout était propre et en ordre, comme si le bébé qui l'habitait allait revenir d'une minute à l'autre.

Après que Jason l'eut déposé, Max regarda autour de lui, se détendit et finit par s'endormir.

— Il est impossible qu'il se rappelle cet endroit, dit Amy. Quand il est parti, il était encore bébé.

— L'amour ne s'oublie pas, et il aimait cette maison, dit Jason.

Et il t'aimait, avait-elle envie d'ajouter.

Jason attendit qu'elle dise quelque chose, mais comme elle restait silencieuse, il ajouta :

— Tu sais où est ta chambre.

Puis, il tourna les talons et se retira dans la sienne, celle qu'il occupait deux ans auparavant.

Une fois seule, elle entra dans son ancienne chambre. Elle était méconnaissable. On avait même mis des fleurs dans un vase. L'ensemble était ravissant. Exténuée, elle fit un bref passage dans la salle de bains, avant de s'effondrer sur le lit.

Le jour était levé, et Max dormait encore, de même que Jason dans la chambre d'amis.

Nous avons oublié les meubles de Doreen, se dit-elle en terminant son thé.

Elle se leva, s'étira et alla s'habiller. Il fallait terminer les fresques pour la visite du Président.

Dans le placard de sa chambre, elle ne fut pas étonnée de trouver des vêtements propres à sa taille. Et quand Max se réveilla, elle ne fut pas non plus surprise de découvrir que Jason était déjà parti.

19

— Bon Dieu, dit Jason en frappant du poing sur le volant de sa voiture.

Il n'était tout de même pas de marbre. À la pensée qu'Amy était dans la pièce voisine, il n'avait pas fermé l'œil de la nuit. Mais sa présence à lui ne l'avait apparemment pas gênée, car elle avait dormi profondément. Doucement, pour ne pas les réveiller, il était allé plusieurs fois vérifier que la mère et l'enfant allaient bien.

Bien qu'il fît encore nuit, il se rendait à la bibliothèque, en songeant qu'il devrait travailler plusieurs jours à ses côtés. Dès qu'il essayait de lui dire qu'il n'était pas fiancé, qu'il l'aimait toujours, elle l'interrompait.

Il fallait en finir, s'il ne voulait pas devenir fou. Depuis qu'il connaissait Amy, il ne faisait que déplorer ses propres initiatives. Par exemple, d'avoir engagé un jeune délinquant pour l'aider à peindre la bibliothèque. Quand il avait vu qu'elle en avait peur, il l'avait aussitôt regretté. Mais Raphaël l'avait piégée et…

— Oh, et puis zut, dit-il en garant sa voiture sur le parking de la bibliothèque.

Peut-être devrait-il faire ce que son frère lui conseillait, c'est-à-dire oublier Amy et trouver une autre femme. Une femme qui l'aimerait et ne prendrait pas la fuite.

En entrant dans le bâtiment, la mâchoire serrée, Jason avait décidé de se tenir éloigné d'Amy et de son fils. Il allait passer quelque temps aux Bahamas. Il reviendrait juste pour l'ouverture de la bibliothèque et...

Non, il resterait et se battrait comme un homme. Peut-être ne la connaissait-il pas. Elle avait manifestement changé. Deux ans plus tôt, elle était maigre avec les traits tirés, et il avait été séduit par son air désarmé.

Mais la nouvelle Amy était toute différente. Elle avait pris de l'assurance. La veille, elle avait annoncé sans complexe ce dont elle avait besoin pour peindre les fresques.

— Mildred a probablement raison, je n'aime que les paumées, marmonna-t-il. Après avoir passé six semaines avec elle, je me rendrai compte que je ne la connaissais pas et que celle pour qui je la prenais n'était qu'une chimère. Oui, c'est ça.

Il se sentait déjà mieux. En fait, il n'avait jamais passé que quelques jours avec Max et sa mère. Comme le faisait remarquer David, ils avaient besoin d'être remis sur des rails, comme les petites sociétés que Jason achetait et réorganisait avant de les revendre pour une fortune.

Il regarda sa montre, se demandant quand Amy se déciderait à venir. Elle lui manquait.

Discipline ! se dit-il. Il lui fallait être fort. Il n'allait pas à nouveau se ridiculiser à cause d'Amy. Il ne la rechercherait pas, il ne lui mentirait pas, et n'essaierait pas de s'en faire aimer. Ils n'auraient que des rapports professionnels. Ils avaient un travail à faire et il s'y consacrerait.

C'est ça, se dit-il avant de regarder à nouveau sa montre. Que diable faisait-elle ?

Quand il entendit sa voiture, il sourit et passa dans le bureau. Il ne voulait pas lui laisser croire qu'il l'attendait.

— Doreen, ma chère, dit Amy en tendant la moitié de son sandwich à Max, hier soir, nous avons oublié vos meubles.

— Oui, je sais, dit-elle en baissant les yeux. Je n'y ai jamais cru.

— Et pourquoi pas, mon petit chou? demanda Jason.

Amy et Doreen le regardèrent, interloquées.

— Tu n'as déjà plus confiance en moi? ajouta-t-il. Et nous ne sommes même pas encore mariés.

Les deux femmes étaient de plus en plus éberluées.

— Comme nous n'avons pas beaucoup de temps, chérie, je pensais... dit-il, en ouvrant un journal que quelqu'un avait laissé sur la table. Que dirais-tu de celle-ci?

Il montra la photo d'une grande ferme blanche entourée d'une large véranda. Le bâtiment comportait un étage avec un grenier percé sur la façade de trois mansardes. Malgré le grain de la photo et le fait qu'elle fût en noir et blanc, la maison paraissait fraîche et paisible dans son écrin d'arbres.

— Tu l'aimes? demanda Jason en mordant dans son sandwich.

— Moi? fit Doreen.

— Bien sûr. C'est toi que j'épouse, non? À moins que tu aies changé d'avis, ajouta-t-il en adressant un clin d'œil à Amy. Tu l'aimes, oui ou non?

— Elle est magnifique, murmura Doreen, les yeux comme des soucoupes.

— Pas trop petite? Ni trop grande? Peut-être préférerais-tu quelque chose de plus moderne.

Le regard que Doreen lança à Amy était comme un appel au secours. Amy s'éclaircit la voix.

— Si cette maison est en bon état, ce sera un meilleur placement qu'une maison neuve, décréta-t-elle.

— Alors, chérie? insista Jason.

— Je... euh... Je... ah. Je la prends, annonça-t-elle avec enthousiasme.

Jason prit aussitôt son téléphone cellulaire et appela l'agence. Amy et Doreen l'entendirent dire à l'homme qu'il voulait acheter la maison photographiée dans le journal du jour.

— Non, dit-il, je n'ai pas le temps de la visiter.

— ...

— Non, je me moque du prix.

— ...

— Occupez-vous de tout ça, apportez-moi les papiers et je vous donnerai un chèque.

— ...

— Merci, dit-il avant de raccrocher.

— Tu ne peux tout de même pas acheter une maison comme ça, dit Amy.

— Bien sûr que si. Je viens de le faire. Maintenant, au travail. De quelle couleur sont supposées être ces selles ?

— Pourpre, dit Amy, contrariée, sans bien savoir pourquoi.

Vingt minutes plus tard, un homme arrivait avec les papiers et disant qu'il fallait retrouver les titres de propriété et que cela prendrait du temps.

— La maison est occupée ? demanda Jason.

— Non...

— Depuis combien de temps les actuels propriétaires la possèdent-ils ?

— Quatre ans. Il est muté en Californie et...

— Alors je suis sûr que tout est en ordre.

Jason prit un stylo et une feuille de papier sur laquelle il inscrivit un chiffre, puis la tendit à l'agent.

— Si cette somme vous convient, oublions les titres de propriété.

— Laissez-moi donner un coup de fil, dit l'agent.

Il revint, cinq minutes plus tard.

— Vous voici propriétaire, annonça-t-il en sortant de sa poche un trousseau de clés qu'il lui tendit.

— Et maintenant, de quoi as-tu encore besoin ? demanda Jason, en donnant les clés à Doreen.

Au bord de l'évanouissement, elle les serra sur sa poitrine.

Personne évidemment n'avait travaillé durant cet intermède. Et même Amy y alla d'un sourire.

J'ai enfin réussi à lui faire plaisir, se dit Jason, même si cela m'a coûté une somme faramineuse. S'il fallait, pour obtenir un sourire d'Amy, offrir un cadeau à Doreen, Jason était prêt à lui acheter tout l'État du Kentucky.

— Je le déteste, déclara Amy à sa belle-mère.

— Calme-toi et dis-moi ce qu'il a fait.

Elles étaient dans la bibliothèque. Il était tard, et Max dormait dans le petit lit que Jason avait acheté pour lui, de façon qu'il pût dormir, la nuit, pendant que sa mère travaillait. Amy ponçait, en parlant, les contours d'un éléphant drapé d'or.

— Je suis là depuis une semaine, nous habitons dans la même maison, nous travaillons ensemble toute la journée, mais il ne fait absolument pas attention à moi.

— Il procède par étapes. Je suis sûre que...

— Non, gémit Amy. Il ne m'aime pas. Si vous saviez ce que j'ai fait ces derniers jours...

— Avoue-le. Dis-moi tout.

Mildred jeta un coup d'œil à son petit-fils et eut l'impression qu'il ne dormait pas.

— Je veux savoir tout ce que t'a dit Jason.

— Justement. Il ne dit ni ne fait rien.

— C'est normal que cet éléphant soit rouge ?

— Regardez ce qu'il me fait faire.

Elle saisit un chiffon et se mit à frotter. Sans résultat. Elle recouvrit donc le rouge de gris ; ce serait un éléphant très foncé. Prenant une profonde inspiration, elle essaya de se calmer.

— Je croyais qu'il voulait... commença-t-elle. Enfin, qu'il était... Vous avez dit...

— Qu'il était amoureux de toi et voulait t'épouser. Il l'était. Il l'est. Là-dessus je parierais mon coiffeur.

— Bon, dit Amy en riant, je suis donc trop émotive. C'est que, il est beau, et je...

200

Elle regarda Max qui avait les yeux fermés.

— Vous voyez ce déshabillé rouge qui était dans la vitrine de Chambers.

— Le tout petit avec de la dentelle.

— Oui. Je l'ai acheté et me suis débrouillée pour me laisser surprendre par Jason dans cet accoutrement. J'ai fait celle qui était gênée, mais pour ce qu'il l'a remarqué, j'aurais pu aussi bien porter mon vieux peignoir en éponge.

— Qu'a-t-il fait ? s'étonna Mildred.

— Rien. Il a bu du lait, dit bonsoir, puis il est allé se coucher. Il ne m'a même pas regardée. Il faut dire que je ne suis pas Doreen. Elle a des courbes qui…

— … qui d'ici trois ans tourneront à la graisse.

— Ne dites rien contre Doreen. Je l'aime bien. Et Max l'adore.

Regardant de nouveau l'enfant, Mildred crut voir ses cils bouger et un pli se former entre ses sourcils.

— Alors dis-moi ce que peint mon petit-fils dans cette salle.

— Je n'en ai pas la moindre idée, car il ne me laisse rien voir. Top secret. À sa propre mère ! Et il ne veut pas dormir à la maison, même si Doreen reste avec lui, parce qu'il a peur que, étant seule à la bibliothèque, j'y jette un coup d'œil.

— Tu le ferais ?

— Bien sûr. Je l'ai mis au monde, j'ai bien le droit de voir ses peintures ?

— Alors où en est-on entre Jason et toi ? reprit Mildred après un court silence.

— Nulle part. Une fois ce travail terminé, Max et moi rentrerons chez nous.

— Chez nous. Qu'entends-tu par là ?

— Rien, et je le sais mieux que personne.

— Alors, reste ici.

— Pour voir tous les jours Jason ?

— Pour me voir moi et me permettre de voir mon petit-fils !

— Chut. Vous allez le réveiller.

— Tu ne penses pas que l'enlever à sa grand-mère le traumatisera ? Amy, je t'en supplie…

— S'il vous plaît, passez-moi le bidon de vert, et parlons d'autre chose. Cette fois, je ne m'enfuis pas, je rentre seulement chez moi.

Mais l'idée de retrouver son appartement à New York ne lui souriait pas. En revanche, elle redécouvrait Abernathy avec ravissement. À l'heure du déjeuner, elle arrachait Max à son travail, et ils allaient tous les deux se promener en ville et manger leurs sandwiches sous le grand chêne en bordure de la ville. Les gens les abordaient en leur demandant où en était la bibliothèque et taquinaient Max à propos de sa salle secrète. « Chez nous » prenait un sens nouveau.

20

Les dix jours suivants, absorbée par son travail et dormant à peine quatre heures par nuit, Amy n'eut le temps de penser à rien. Elle n'était pas fâchée que Doreen s'occupât de Max, mais ne savait pas très bien si elle devait être heureuse ou triste que son fils acceptât si facilement d'être baigné, habillé et couché par une autre femme que sa mère.

Elle ne se rappelait pas exactement quand Doreen s'était installée à Salma. Qu'importait, d'ailleurs ? Ce n'était pas comme s'il y avait quelque chose entre Jason et elle.

Deux jours après l'arrivée d'Amy, Cherry Parker donna naissance à une fille. Au bout de quinze jours, le bébé ne réclamait plus qu'un biberon par nuit, de sorte qu'elle put se consacrer aux préparatifs de l'inauguration de la bibliothèque.

— Je vous aime, déclara Jason, un jour que Cherry débitait la liste de ce qui avait été fait et de ce qui restait à faire.

— Humff ! s'exclama la jeune femme, manifestement ravie du compliment.

Elle portait un tailleur Chanel blanc, la poitrine barrée d'une énorme écharpe certainement de fabrication africaine où dormait le nouveau-né.

Dès que Cherry eut repris son travail, Doreen s'installa dans la maison avec Amy, Jason et Max, pour s'occuper du petit garçon. Sa jalousie surmontée, Amy était ravie de cette solution. Chaque matin,

Doreen donnait à Max ce que Charles avait cuisiné à son intention, puis emmenait l'enfant à la bibliothèque. Et chaque matin, Max sortait la clé de sa poche et ouvrait avec cérémonie la porte de la salle Abernathy, et y disparaissait pour la journée.

Amy crut avoir une attaque quand Charles arriva un jour et que Max l'invita dans la salle secrète. Une demi-heure plus tard, le chef ressortait, le regard émerveillé, mais les lèvres scellées.

— Son père peignait aussi ? demanda-t-il.

— Je ne sais pas, répondit Amy. Pourquoi ?

— Ce garçon a une double dose de talent, et je me demandais d'où cela lui venait. Puis-je être présent quand le Président visitera la salle ?

— Vous oubliez que vous êtes censé préparer le repas pour lui ? cria Jason de l'échafaudage, où il peignait le plafond allongé sur le dos.

— C'est vrai, dit Charles avant de se pencher vers Amy. Depuis quand est-il de cette humeur ? lui chuchota-t-il dans l'oreille.

— Depuis 1972.

Charles quitta la bibliothèque en hochant la tête.

La troisième semaine, comme le travail devenu routine occupait moins son esprit, Amy commença à ouvrir les yeux et à se rendre compte qu'elle n'était pas la seule à avoir changé. Jason avait changé lui aussi. À mesure que les jours passaient, elle vit disparaître l'une après l'autre les réticences qu'elle éprouvait vis-à-vis de lui.

La première fois, elle n'y avait pas prêté grande attention. Un petit garçon, d'environ huit ans, entra sur la pointe des pieds dans la bibliothèque et tendit un morceau de papier à Jason. Celui-ci y griffonna quelque chose, prononça quelques mots, et l'enfant disparut avec un grand sourire.

Le lendemain, la même chose, le jour suivant également. Chaque fois, un enfant différent, parfois deux, parfois trois.

Un après-midi, un adolescent d'une quinzaine d'années arriva, fourra une feuille de papier sous le nez de Jason et attendit avec un air de défi. Jason essuya son pinceau, emmena le garçon dans le bureau et y resta une bonne heure.

Si Amy n'avait pas été obnubilée par son travail, sa curiosité l'aurait emporté.

Mais un jour, alors que les dessins étaient terminés et qu'il ne restait plus qu'un travail de remplissage, elle déjeunait avec Doreen et Max d'une salade de pâtes et d'une tourte au crabe confectionnées par Charles, quand deux petites filles arrivèrent avec des feuilles de papier qu'elles tendirent à Jason.

— Que fait-il ? demanda Amy.

— Des devoirs, dit Doreen.

— Des devoirs ?

— Il est M. Devoir, dit Doreen, après avoir avalé sa bouchée. Il aide les enfants.

— Ça demande des explications.

— Tout a débuté par une plaisanterie. À l'animale-rie. Non, chez le coiffeur pour hommes. Oui, c'est ça. Les clients commencèrent à se plaindre de ne pas comprendre les exercices de leurs gosses, et quel-qu'un a dit que si Jason voulait vraiment se rendre utile, il faudrait qu'il aide les enfants d'Abernathy à devenir intelligents.

— Et alors ? demanda Amy. Comment Jason peut-il aider les enfants à devenir plus intelligents ?

— Je ne sais pas, mais le conseil d'établissement trouve que nos gosses sont beaucoup plus éveillés.

Amy brûlait de poser d'autres questions, car les révélations de Doreen n'étaient pas très claires, mais elle avait le sentiment qu'elle n'en tirerait rien de plus.

— Alors où en es-tu ? demanda-t-elle en se tournant vers son fils. Je peux voir ce que tu peins ?

Max avait la bouche pleine, mais il sourit et secoua la tête.

— S'il te plaît. Juste un coup d'œil ?

Max continua à secouer la tête en gloussant. La demande revenait tous les jours, et Amy déployait des trésors d'imagination pour obtenir de son fils qu'il la laissât entrer. Impossible cependant de le faire céder.

Ce fut le lendemain, quand David vint à la bibliothèque constater l'avancement des travaux, qu'Amy l'entraîna dans un coin.

— Qu'est-ce que c'est que cette histoire de M. Devoir ? demanda-t-elle.

— Mildred ne t'a pas dit ? Je croyais qu'elle t'avait tout raconté et davantage.

— En fait, je crois qu'on me cache tout.

— Je connais ce sentiment. Mon frère reçoit tous les enfants d'Abernathy qui ont besoin d'être aidés dans leur travail.

Comme Amy le regardait, interloquée, il poursuivit :

— Ça a commencé comme une plaisanterie. Les habitants d'Abernathy se demandaient pourquoi Jason voulait tant faire revivre la ville, et...

— Pourquoi ? Il est natif d'ici.

— Disons qu'ils le soupçonnaient d'avoir des raisons tortueuses. Alors, un jour, des hommes discutaient et...

— Potinaient chez le coiffeur, rectifia Amy.

— Exactement. Ils disaient que si Jason voulait faire du bien, il n'avait qu'à aider les enfants à faire leurs devoirs.

— Et ?

— Et il l'a fait. Il a demandé les notes des enfants d'Abernathy, et je peux te dire que c'était navrant. Une ville ayant autant de chômeurs ne peut être que déprimée. Jugeant inutile d'essayer de convaincre les parents d'aider leurs enfants dans leur travail scolaire, Jason a engagé des répétiteurs.

David regarda avec tendresse le large dos de son frère qui aidait Raphaël à peindre.

— Mon frère n'a pas engagé des professeurs savants et ennuyeux. Non, il a engagé des acteurs, des danseurs et des écrivains sans travail, des marins et des médecins à la retraite et... des gens pleins de savoir et désireux de faire partager leurs connaissances. Ils ont travaillé pendant trois mois dans nos écoles. Ensuite, bon nombre d'entre eux ont décidé de continuer.

Amy en resta sans voix.

— Et il aide les enfants à faire leurs devoirs? demanda-t-elle.

— Oui. Jason prétend que c'est moi qui lui en ai donné l'idée, en disant qu'il y avait d'autres enfants. Je voulais dire, ajouta-t-il plus bas, qu'il n'y a pas que Max.

— Je vois, dit Amy, sans en être bien sûre.

Après cette conversation, elle se mit à observer Jason avec plus d'attention. Pendant ses deux années à New York, elle s'était fait de lui une idée toute personnelle, rapprochant sa philanthropie évoquée dans les articles de la fortune dépensée pour elle et son enfant. Elle en avait conclu que Jason et son argent ne faisaient qu'un.

Mais donner de l'argent et donner de son temps pour expliquer à des enfants des divisions à plusieurs chiffres n'étaient pas du même ordre.

Elle commençait donc à le voir tel qu'il était vraiment et non comme elle l'imaginait.

S'il se plaignait sans cesse de ce que tout lui coûtait, jamais elle ne le vit refuser une facture. En fouinant dans les papiers qu'il avait laissés sur son bureau, elle découvrit qu'il possédait la banque locale et avait accordé des prêts à faible taux d'intérêt à la plupart des entreprises ainsi qu'à plusieurs fermes des environs.

Amy remarqua aussi que la terrible Cherry Parker avait changé d'attitude vis-à-vis de lui.

— C'est moi qui ai changé ou c'est lui? demanda-t-elle négligemment à Cherry.

— C'est un autre homme.

Un samedi matin, Amy trouva Jason jouant au basket avec une demi-douzaine de garçons à côté de qui Raphaël avait l'air d'un boy-scout.

— De combien de garçons comme toi Jason s'occupe-t-il ? demanda-t-elle à Raphaël.

— Un paquet, répondit le jeune homme avec un grand sourire. Nous faisions partie d'une bande, mais...

Raphaël s'interrompit, puis se remit à peindre.

— Il croit pouvoir me trouver d'autres travaux de ce genre, reprit-il. Il pense que j'ai du talent.

— Tu en as, dit Amy, se demandant si Jason avait l'intention de peindre l'intérieur de tous les édifices en sa possession, afin de donner du travail à ces délinquants.

Quand Jason revint du basket, Amy leva le nez de son travail. Dans son survêtement gris, sale et déchiré, il était plus séduisant que jamais.

Comme il lui adressait un sourire entendu, elle se détourna, gênée.

— Attention ! s'écria Raphaël, voyant qu'Amy venait de dessiner une tête de chameau sur un corps de princesse.

— Désolée, murmura-t-elle, sans se retourner.

21

La nuit précédant l'ouverture de la bibliothèque, toute l'équipe travailla jusqu'à trois heures du matin, sauf Doreen et Max.

— Ouf! s'exclama Jason en promenant le regard sur l'équipe. Dites-moi, ai-je l'air aussi fatigué que vous tous? demanda-t-il, la voix cassée d'avoir répondu aux milliers de questions dont on l'avait bombardé toute la journée.

Tous se regardèrent.

— Tu es plus fatigué que nous, décida Amy. Qu'en penses-tu, Raphaël?

Après six semaines de travail en commun, ils avaient appris à se connaître, et Amy s'étonnait de s'être méfiée de lui. Elle devait en outre reconnaître que le garçon était un artiste et un organisateur-nés.

— Pire que moi, confirma Raphaël, mais les vieux ont toujours l'air fatigués.

— Vieux? fit Jason. Je vais te montrer si je suis vieux.

Il bondit sur le jeune homme, qui fit un pas de côté, et Jason tomba lourdement sur le parquet de chêne avec un cri de douleur.

On s'empressa aussitôt autour de lui.

— Jason! Jason! s'écria Amy en lui palpant la tête.

Celui-ci garda les yeux fermés et émit un faible gémissement.

— Appelez un médecin, ordonna Amy.

Mais, levant brusquement les bras, Jason la saisit par la nuque et l'attira à lui pour un baiser passionné.

Après un long moment, elle s'écarta à contrecœur. Sautant sur ses pieds, Jason se rua sur Raphaël et le jeta par terre.

— Je ne voulais pas vous faire mal, s'excusa le garçon quand Jason l'eut lâché.

Encore tremblante du baiser de Jason, baiser qui ne semblait pas l'avoir ému outre mesure, Amy se tenait à l'écart, et tournait le dos aux autres.

Comme chaque jour, Jason ramena Amy, essayant de ne pas penser à la solitude de sa maison, une fois qu'elle serait partie avec Max.

— Encore un jour, dit-il. Et c'est fini. Tu seras contente, non ?

— Oh oui, très !

— Max sera ravi de rentrer. Sa chambre lui manque sûrement.

— Oui, bien sûr.

— Et cet homme...

— Arnie.

— Oui. Il sera heureux de le revoir.

— Fou de joie.

— Amy...

— Il est affreusement tard ! s'exclama-t-elle, tandis que Jason tournait dans l'allée. Je parie que Doreen n'est pas couchée.

— Sûrement pas... Écoute, pour tout à l'heure...

— Oh ça, fit-elle, sachant qu'il parlait du baiser. Je ne le dirai pas à Arnie. Bonsoir, et à demain, ajouta-t-elle en montant les marches de la véranda.

Quelques minutes plus tard, elle entra dans la chambre de Max pour s'assurer qu'il allait bien. Il dormait si profondément qu'il ne bougea même pas quand elle remonta ses couvertures.

— Je crois que ta grand-mère est folle, lui chuchota-t-elle.

Amy avait en effet promis à Mildred de laisser Jason faire le premier pas.

— Jusqu'à ce qu'il te dise qu'il n'épousera pas Doreen, tu dois continuer à lui parler de Varney.

— Arnie, avait corrigé Amy.

Max se retourna, entrouvrit les yeux, vit sa mère et sourit avant de se rendormir.

Un sourire à faire fondre le cœur le plus dur, pensa-t-elle.

— Je remercie le Ciel de t'avoir, murmura-t-elle, baisant le bout de son doigt, et effleurant les lèvres de son fils.

Se redressant, elle bâilla. Il était plus que l'heure de se coucher. Demain, le président des... États-Unis viendrait inaugurer la bibliothèque.

— Voici la première, dit Amy, saisissant la feuille qui sortait du fax.

À la lecture de l'article, elle ouvrit de grands yeux, d'abord horrifiés puis incrédules.

— Alors ? cria Raphaël. Qu'est-ce que ça dit ?

Amy lui tendit le fax. Au cours des dernières semaines, la balafre du jeune homme avait cicatrisé et il avait moins l'air d'un assassin.

Raphaël parcourut le document, éclata de rire et le tendit à Jason.

Tous ceux qui avaient travaillé aux fresques étaient dans la bibliothèque, serrés autour du fax, comme autour d'un feu. Le matin, le Président avait visité Abernathy, et on attendait les coupures de presse relatant cette visite. La carrière d'Amy en dépendait.

— « Un compromis entre l'art japonais et les marionnettes javanaises avec une pointe d'art déco », lut Jason. « Stupéfiant, personnel. »

Il regarda Amy, n'en croyant pas ses yeux.

— Continue, dit-elle.

Comme Jason ne disait rien, elle lui prit le papier des mains.

— En fait, l'article expédie mes fresques avec un

« bon travail » et un « correspondant à ce qu'on attendait », mais celles de Max sont... « de l'art avec un grand A ».

Amy regarda son fils assis sur un sac de haricots rouges et lui sourit.

— Et elles sont magnifiques, ajouta-t-elle.

Ils étaient dans la salle Abernathy, celle dont l'entrée avait été interdite à Amy pendant six semaines, tandis que son fils créait en secret. Elle s'était préparée à consoler Max, de ce que personne ne s'extasie devant les formes noires qu'un enfant de deux ans et demi appelait des singes. Mais quand elle avait enfin pénétré dans la salle à la suite du Président, elle avait été trop abasourdie par ce qu'elle voyait pour se rappeler avec qui elle se trouvait.

— Terrible ! balbutia-t-elle en promenant le regard dans la pièce.

Son exclamation exprimait la stupéfaction générale. Tous les murs, le plafond et même le parquet étaient envahis par une jungle fantôme. Des bambous géants semblaient agités par une brise. Des singes surgissaient entre les branches et les troncs, certains mangeant des bananes, d'autres fixant les spectateurs jusqu'à les faire reculer.

— Je n'ai jamais rien vu de pareil, murmura derrière elle un petit homme, qu'on avait présenté à Amy comme le critique d'art du *Washington Post*. Merveilleux. Et c'est vous qui les avez peintes ? demanda-t-il en la regardant de haut, bien qu'ils fussent de la même taille.

— Non, c'est mon fils.

Le petit homme se retourna, étonné, vers Raphaël qui se tenait derrière elle.

— C'est votre fils ?

— Mon fils est là-bas, dit Amy, montrant Max à côté de Jason.

Le critique d'art et le Président ne comprenaient manifestement pas. Jason ne pouvait pas être son fils.

— Max, mon chéri, viens ici, dit Amy en tendant la main. Je veux te présenter au Président.

Ce fut alors une explosion. Voyant que cette salle avait été peinte par un tout petit garçon, les journalistes accompagnant le Président lui posèrent un grand nombre de questions.

— Jeune homme, où avez-vous pris l'idée de cette salle ?

— Allons, dites la vérité, votre mère a peint cette salle à votre place ?

— Dites la vérité, qui a peint ces singes ?

— Qui a fait ces peintures ?

— Si vous voulez bien nous excuser, intervint Jason, prenant Max dans ses bras, c'est l'heure de la sieste de l'artiste. Si vous voulez harceler quelqu'un de questions, adressez-vous à un adulte, dit-il montrant Amy et Doreen.

Sur ces mots, il emporta Max.

Les journalistes bombardèrent Amy de questions, car ils savaient que c'était elle qui avait peint les fresques de l'autre salle, mais elle leur conseilla de s'adresser à Doreen.

— Elle sait tout. Je n'avais même pas le droit d'entrer dans la salle.

Amy s'attendait à ce que Doreen fût intimidée par la presse, mais il n'en fut rien. Elle était manifestement ravie de se trouver devant les micros et les caméras, comme si elle avait fait ça toute sa vie.

Quelques heures plus tard, ils lisaient des articles dithyrambiques sur les « Singes fantômes », et Max était salué comme un nouveau génie.

— J'ai toujours su qu'il était doué, mais je suis contente de le voir reconnu par le monde entier, dit fièrement Amy.

Rire général.

— Voilà, dit Jason, comme la porte s'ouvrait et que Charles entrait avec trois magnums de champagne.

Il était suivi de quatre jeunes chefs portant d'immenses plateaux de nourriture.

— C'est pour qui tout ça ? demanda Amy.

— J'ai invité quelques personnes pour fêter ton triomphe, dit-il, se tournant vers elle avec un large sourire.

Peu importait à Amy que son travail ait été ignoré. Elle savait, au fond d'elle-même, qu'elle ne serait jamais une grande artiste, mais Max l'était et connaissait la gloire, et cela lui suffisait. Elle avait mis au monde un enfant au talent évident, alors que demander de plus ? Peut-être un père pour cet enfant, pensa-t-elle en regardant Jason.

— À nous ! dit Jason en levant son verre.

Croisant alors le regard d'Amy, il lui adressa un sourire entendu.

Derrière les chefs, arrivaient le propriétaire du grand magasin d'Abernathy, avec sa femme et ses trois enfants, puis la famille du quincaillier et le directeur de l'école primaire, les quatre instituteurs et...

— Tu as invité toute la ville ? demanda Amy.

— Tout le monde, dit-il. Et même les enfants.

Amy rit. Jamais elle n'avait été aussi heureuse. C'est trop beau pour que ça dure, pensa-t-elle. Mais elle but une autre gorgée de champagne et se laissa emporter par la musique qui venait du jardin, où un orchestre avait été installé.

Se tournant vers Jason, elle comprit, à son expression, qu'il attendait son approbation et elle leva son verre.

À une heure du matin, des voitures s'arrêtèrent devant la bibliothèque pour ramener chez eux les invités. Jason avait même donné les adresses aux chauffeurs, de façon que ceux qui auraient abusé du champagne n'aient pas de problèmes. Doreen porta Max, endormi, dans une des voitures. Elle avait prévenu Amy qu'elle coucherait l'enfant et resterait avec lui jusqu'à son retour.

Enfin, Amy et Jason se retrouvèrent seuls dans la bibliothèque qui, après la fête, paraissait immense et vide. Amy s'assit à une table de lecture et leva vers Jason des yeux où brillait encore le triomphe de son fils.

— Heureuse ? demanda-t-il en la regardant avec une expression étrange.

— Très, murmura-t-elle.

Était-ce la douce lumière de la salle, mais elle le trouvait plus beau que jamais.

— Tu n'es pas jalouse que Max t'ait volé la vedette ?

— Quel humour ! J'ai donné naissance au plus grand artiste de ce siècle.

Jason rit.

— Je n'ai jamais cessé de t'aimer, dit-il sans réfléchir.

— Moi et toutes les autres femmes de cet hémisphère.

À ces mots, Jason jeta son verre contre le mur, où il se brisa en mille morceaux, puis saisissant Amy, il la souleva de sa chaise, la prit dans ses bras et l'embrassa brutalement. Mais le baiser s'adoucit, et dès que leurs langues se trouvèrent, Amy s'abandonna.

— Il y a si longtemps, susurra-t-elle. Si longtemps.

— Si longtemps depuis moi ou depuis… lui ? demanda-t-il en lui caressant le dos.

— Il n'y a pas de « lui », dit-elle, le visage contre son cou.

— Il n'y a pas d'Arnie ? fit-il, l'écartant à bout de bras.

— Seulement celui qui possède l'usine de chips.

Il fallut un moment à Jason pour comprendre ; puis il l'attira à nouveau contre lui.

— C'est-à-dire moi. J'ai acheté l'usine et l'ai baptisée du nom de mon grand-oncle.

— Et Doreen ?

Jason l'embrassa avec toute la passion qu'il avait refoulée depuis si longtemps.

— Je t'aime, Amy, gémit-il. Je t'aime depuis le premier instant et t'aimerai toujours. C'est Doreen qui a inventé ces fiançailles… Elle croyait me rendre service. J'ai essayé de t'expliquer la vérité…

Le soupir de soulagement que poussa Amy était plus qu'éloquent.

— Ne pars pas, Amy. Je t'en prie. Reste avec moi pour toujours.

— Oui, murmura-t-elle. Oui.

Il n'y eut plus ensuite place pour les mots, car ils s'arrachèrent leurs vêtements et se laissèrent tomber, une fois nus, sur le matelas où Max faisait sa sieste. Quand Jason entra en elle, Amy haleta de plaisir. Comment avait-elle pu abandonner un tel homme ?

— Amy, Amy, répétait-il. Je t'aime.

Une heure plus tard, exténués et blottis l'un contre l'autre, Amy l'interrogea, comme aurait pu le faire sa belle-mère.

— Raconte-moi tout. Parle-moi de toutes ces femmes, de tout. Je veux te comprendre, te connaître.

D'abord réticent, Jason finit par lui ouvrir son âme et avouer qu'il lui avait fallu les rencontrer, elle et Max, pour percevoir la vacuité de sa vie. Il lui parla aussi des difficultés rencontrées à Abernathy, de l'hostilité des habitants.

— Je pensais qu'ils se montreraient reconnaissants, mais ils n'ont pas apprécié qu'un New-Yorkais vienne leur donner des leçons.

— Mais tu es né et as grandi ici.

Comme Jason ne disait rien, elle s'écarta pour le regarder.

— Qu'y a-t-il entre cette ville et toi ? Et ton père ? Même Mildred ne veut pas me dire ce qui s'est passé.

Il prit une profonde inspiration.

— Tu sais que ma mère est morte, quand David était bébé.

— Oui. Et je sais que votre père a dû élever seul ses deux garçons.

— C'est sa version. Mon père n'avait pas beaucoup de temps à consacrer à ses fils, si bien que, après la mort de ma mère, il nous a laissés nous débrouiller seuls.

— Ce qui veut dire que c'est toi qui as élevé David.

— Oui.

— Mais ce n'est pas pour ça que tu en veux à Abernathy?

Jason prit son temps pour répondre, comme s'il lui fallait d'abord se calmer.

— Ma mère était une sainte. Il fallait qu'elle le soit pour rester mariée à un salaud comme mon père. Ayant appris qu'elle allait mourir, elle ne l'a dit à personne. Ne voulant pas être un poids pour qui que ce soit, elle allait seule chez le docteur, et nous avons continué à vivre comme si de rien n'était.

Il s'arrêta, bouleversé.

— Mais, reprit-il, une des commères d'Abernathy l'a aperçue dans le café d'un motel, à une cinquantaine de kilomètres d'ici, et a raconté à qui voulait l'entendre que Mme Wilding avait une liaison.

— Et ton père l'a cru.

— Oui. Il l'a si bien cru qu'il s'est vengé en couchant avec une petite poule de…

Il s'interrompit jusqu'à ce qu'il ait retrouvé son sang-froid.

— C'est moi qui ai découvert la vérité. J'avais séché l'école et m'étais caché à l'arrière de la voiture de ma mère. Je me trouvais dans la salle d'attente du docteur quand elle est sortie, et elle m'a fait promettre de ne rien dire à mon père. Elle disait que la vie était faite pour vivre et non pour se lamenter.

— J'aurais aimé la connaître, dit Amy.

— Elle était merveilleuse, mais elle n'a pas été gâtée.

— Elle a eu deux enfants qui l'aimaient, et son mari en était fou, semble-t-il.

— Hein?!

— Comment a-t-il réagi en découvrant que sa femme se mourait?

— Il n'a rien dit, mais après sa mort, il s'est enfermé dans une chambre pendant trois jours. Lorsqu'il en est sorti, il s'est plongé dans le travail, de sorte qu'il n'était jamais à la maison, et pour autant que je le sache, il n'a plus prononcé son nom.

— Et tu doutes qu'il l'aimait?

Amy retint son souffle. N'était-elle pas allée trop loin? Les gens s'accrochent à leurs certitudes et n'aiment pas la contradiction.

— Peut-être, admit Jason. Mais j'aurais souhaité qu'il nous aime davantage. J'en avais parfois assez d'être le père et la mère de mon petit frère. J'avais parfois envie de… jouer au foot comme les autres gosses.

Amy ne dit rien, mais elle commençait à comprendre la psychologie de Jason. Son père lui avait appris que seul l'argent comptait et que le travail consolait de tout.

Elle se pelotonna contre lui et sentit qu'il la désirait à nouveau.

— Et ta vie? demanda-t-il, maîtrisant son désir. Tu sembles avoir bien réussi?

Elle faillit lui dire qu'elle avait fait fortune, qu'elle n'avait pas besoin d'homme, mais les mots lui manquèrent. L'heure de vérité avait sonné.

— Oui, j'ai réussi, mais au début, je craignais que nous mourions de faim, Max et moi. J'ai fait une énorme bêtise en m'enfuyant.

— Pourquoi ne m'as-tu pas appelé? Je t'aurais aidée. J'aurais…

— L'orgueil. J'ai toujours été orgueilleuse. Lorsque j'ai découvert qui était vraiment Billy, j'aurais dû le quitter, mais l'idée d'être accusée de ne pas accepter ses imperfections m'était insupportable.

— Imperfections?

— Mon mariage a été un fiasco, dit-elle en se retournant, de façon à lui faire face. J'étais malheureuse. Je détestais la boisson, la drogue, sa veulerie, son égoïsme.

— Quand tu as fait sa connaissance…

— Il était dans une de ses périodes de sobriété. Mais

j'aurais dû comprendre. Et quand tu es arrivé, tu m'as paru si parfait, mais j'ai découvert que, tout comme Billy, tu avais une vie secrète sur laquelle je n'avais aucun contrôle. Je me suis donc enfuie. J'ai pris mon fils et j'ai couru aussi loin que possible. Tu comprends cela ?

— Oui, dit-il en lui caressant le bras. Je comprends. Tu es ici maintenant et…

— Mais c'était affreux ! J'avais si peur et j'étais si seule et…

— Chut, c'est fini maintenant, dit-il en la serrant contre lui. Je vais m'occuper de toi et de Max, et…

— Mais tout le monde pensera que je t'épouse pour ton argent. On dira que, échaudée par Billy, j'ai, cette fois, choisi un homme riche.

— On dira plutôt que c'est moi qui t'ai couru après. Mildred t'a dit que j'ai fait appel à des détectives privés ? Ils n'ont rien trouvé. Et Mildred savait où tu étais, ajouta-t-il avec une pointe d'amertume.

— Non, elle ne le savait pas. Elle nous a trouvés il y a quelques mois seulement, et par hasard.

— Comment ?

— Elle continuait à acheter des cadeaux de Noël pour Max, parce qu'elle n'avait jamais, disait-elle, perdu espoir de le revoir. Un de ces cadeaux était un livre pour enfants que j'avais illustré et où figurait ma photo en quatrième de couverture.

— C'est tout simple. Et quel est ton nom d'artiste ?

— Mon nom de jeune fille, Amélia Rudkin.

— Je suis heureux que les choses se soient passées comme ça. Si tu n'étais pas partie, je n'aurais pas changé. J'aurais continué à travailler comme un fou pour te prouver…

— Pourquoi vouloir me prouver quoi que ce soit ?

— Parce que tu es la femme que j'aime, la seule que j'aie jamais aimée.

— D'après ce que dit Mildred, les habitants d'Abernathy t'ont mené la vie si dure que tu devrais n'avoir qu'une idée, celle de partir dans le premier avion.

— C'est vrai. Ils sont ingrats, geignards, mais ils me traitent comme un être humain. M. Williams, le propriétaire de la quincaillerie, m'a dit que j'étais toujours aussi têtu. C'est peut-être le fait de ne plus être entouré de lèche-bottes qui m'a retenu ici. À New York, il suffisait que je lève un sourcil pour que mes employés battent en retraite et disent ce que, pensaient-ils, je voulais entendre. Mais ici...

Il sourit.

— Ici, ils te disent ce qu'ils pensent de toi.

— Oui. Mildred n'a cessé de me répéter que c'est à cause de moi que tu es parti. Que, après le tour que David et moi t'avions joué, n'importe quelle femme raisonnable...

— Ne me dis pas qu'il était raisonnable de s'enfuir, sans un sou, avec un bébé.

— Enfin, tout finit bien. Max va enfin avoir un père. Si tu veux bien de moi.

— Si tu veux bien de nous, j'accepte. Mais je...

— Quoi ?

— Cette journée a été une révélation, car aujourd'hui j'ai découvert que mon fils de deux ans et demi est non seulement meilleur peintre que moi, mais qu'il est aussi plus intelligent. Comme la plupart des gens, je ne voyais que ton argent. Mais Max a toujours vu ce qu'il y avait en toi.

— C'est un malin, cet enfant. Tu aimerais en avoir d'autres.

— Les nausées, la fatigue et, oh non, pas les tétées ! gémit Amy.

Voyant le visage de Jason, elle éclata de rire.

— Oui, bien sûr que j'en veux d'autres. Une demi-douzaine au moins. Tu crois qu'ils auront les cheveux gris ?

Mais avant que Jason ne puisse répondre, un projectile le frappa.

— Qu'est-ce que... commença-t-il, essayant de se dégager.

— Petit diable ! s'exclama Amy, riant et chatouillant son fils. Tu as harcelé Doreen pour qu'elle te ramène, c'est ça, hein ?

Jason était horrifié à la pensée de ce que l'enfant avait pu voir et entendre, mais également offusqué par leur manque d'intimité. Il ignorait que cette notion était désormais caduque.

Il n'eut pas le temps de s'appesantir sur son heureux sort, car Max s'était relevé et se jetait sur eux. Prévoyant ce qui allait venir, Amy se protégea le visage avec ses bras, mais Jason reçut tout le poids de l'enfant sur lui.

— Les singes ! cria-t-il en martelant le ventre de son nouveau père.

Rendez-vous au mois d'octobre
avec deux nouveaux romans de la collection

Amour et Destin

Le 1er octobre 2000

L'amant secret

de Anne Stuart (n° 5679/G)

Carolyn Smith est au chevet de Tante Sally, la seule mère qu'elle ait jamais connue, rongée par la maladie. Et voici que resurgit Alexander, fils unique de Sally, disparu dix-huit ans auparavant. Le seul problème, c'est que cet homme ne peut être Alex... car le soir de sa « disparition », Carolyn était témoin : il a été assassiné. Ce retour sera-t-il le prélude à une succession de révélations incroyables ?

Le 24 octobre 2000

Sens dessus dessous

de Jill Mansell (n° 5680/L)

Dans ce petit village anglais, il y a beaucoup de monde et on ne s'ennuie pas une seconde. D'abord, il y a Jessie, brunette peintre-décoratrice qui vit avec son fils Oliver, barman au pub. Ensuite il y a Lili, qui s'occupe de ses enfants. Charmante et sexy, elle a beau être mariée, elle n'en est pas moins amoureuse de Drew, le vétérinaire local. Enfin il y a Toby, célèbre acteur de cinéma qui s'installe dans le village et retrouve Jessie, son amour de jeunesse...

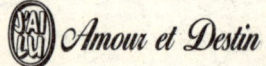 *Amour et Destin*

Quand l'amour donne aux femmes le choix de leur destin

Ce mois-ci, découvrez également
trois nouveaux romans de la collection

Aventures et Passions

Le 1er septembre 2000

Le dernier des Clayborne

de Julie Garwood (n° 5666/J)

Une jeune femme est témoin d'un braquage qui tourne mal, entraînant la mort de plusieurs personnes. Le shérif de la ville, Daniel Ryan, fait appel à Cole Clayborne pour retrouver les malfaiteurs. Mais des trois femmes qui se trouvaient dans la banque ce jour-là, aucune n'avoue avoir été témoin de la scène de peur d'être tuée. Cole devra les faire parler. Coûte que coûte...

Le 8 septembre 2000

La belle impertinente

de Brenda Joyce (n° 5667/K)

Londres, Saint-Pétersbourg, début XIXe siècle. Carolyn aime se déguiser et étudier les mœurs des riches, qu'elle ridiculise dans un journal caricatural. Depuis peu, sa nouvelle tête de turc est le prince russe Nicolas Sverayov. Elle le pense séducteur impénitent trompant sa femme quand bon lui semble... À tort ou à raison ?

Le 22 septembre 2000

Des étoiles plein les yeux

de Michelle Jaffe (n° 5668/J)

Venise, XVIe siècle. En attendant de devenir médecin, Bianca Salva apprend à lire et à écrire à Isabella la courtisane. Un jour, elle la découvre assassinée, poignardée en plein cœur. Un homme, Ian Foscari, survient à cet instant et soupçonne immédiatement Bianca d'avoir commis le crime. Mais la belle Bianca clamant haut et fort son innocence, Ian finit par lui accorder le bénéfice du doute...

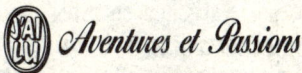 *Aventures et Passions*

Quand l'amour s'aventure très loin, il devient passion

Composition Chesteroc International Graphics
Achevé d'imprimer en Europe (Allemagne)
par Elsnerdruck à Berlin
le 21 août 2000.
Dépôt légal août 2000. ISBN 2-290-30426-3

Éditions J'ai lu
84, rue de Grenelle, 75007 Paris
Diffusion France et étranger : Flammarion